Frau Winter rettet die Galaxis

Teil 1: Großer Kovaluktor wider Willen

„Ein weiser Mann sagte einst nichts zu seiner Frau, denn er war weise."

Unbekannter Philosoph des 20t. Jahrhundert

4

Prolog

Bruno Winter hatte seine Frau schon in hunderten Outfits und Posen gesehen. Spontan erinnerte er sich an einen wundervollen Strandurlaub auf Fironfor 7. Eine Welt, die für ihre Meere und Strände berühmt war. Einer der acht Paradiesplaneten, die die Reiseführer vollmundig bewarben. Dort hatten sie vor einigen Jahren eine wundervolle Zeit verbracht. Wenn es nach seiner Frau gegangen wäre, wären sie wahrscheinlich heute noch dort.

Frau Winter, Jen, seine Frau liebte einfach das Meer und den Sand. Sie hatte zauberhaft ausgesehen in ihrem Bikini, als sie eine der tausenden Inseln für ein paar Nächte nur für sich gehabt hatten. Er erinnerte sich daran, dass es ein blauer Bikini gewesen war. Einer mit gelben Streifen. Eines dieser Modelle, die besonders gut zur Geltung kamen, wenn die Haut leicht gebräunt war.

Dann erinnerte er sich an einen Ausflug auf die Eismonde von Jupiter. Die geringe Gravitation machte das Tragen von speziellen Schutzanzügen möglich, in denen man dort Skifahren konnte. Ein unglaubliches Erlebnis. Damals hatte er lachen müssen, weil sich seine Frau mit dem Anzug sehr ungelenk angestellt hatte. Er hatte sie in der Gruppe nur anhand ihres Gangs erkennen können.

Sein Blick fiel auf den kostbaren Ehering aus Havalgam, den er an der linken Hand trug. Das Ding hatte ihn damals eine Unsumme gekostet. Der Ring schimmerte grünlich, wenn Licht darauf fiel.

Eingebettet in das seltene Metall war ein Bildschirm, der sich aktivierte, wenn man sanft mit dem Finger darüberstrich. Es zeigte holographisch die Länge ihrer Ehe.

27 Jahre, 23 Tage und 16 Minuten.

Jen Winter war ein ausgeglichener Mensch, jemand, der sich stets unter Kontrolle hatte.

Sie war, in einem äußerst positiven Sinne, sehr berechenbar.
Frau Winter selbst hatte kein Talent für Überraschungen und wenn sie ihn beschenkte, wusste er doch schon Wochen vorher, was sie ausgesucht hatte.
Aber heute überraschte sie ihn.
Und zwar ausgesprochen.
Seine Frau, die passionierte Lehrerin und Bücherwurm. Ihre Liebe galt altenglischer Literatur des 19. Jahrhunderts und einem guten Glas Wein.
Dank der Medizin des neuen Zeitalters, regelmäßigem Sport und guter Ernährung sah man ihr die 67 Jahre nicht an. Sie wirkte keinen Tag älter als 35.
Er betrachtete ihre sonst so goldenen Haare, die sie immer nur dezent in Wellen trug und ihre Kurven. Jeden Tag ihrer Ehe machte er ihr Komplimente, denn er liebte sie abgöttisch.
Aber die Frau, mit der er seit 27 Jahren, 23 Tagen und 17 Minuten verheiratet war, machte ihn gerade sprachlos.

Vor ihm kniete sie in einer undefinierbaren Brühe aus Schlamm, Blut und Eingeweiden, die ihr bis an den Bauchnabel schwappten.
Eine Suppe, die ihr gepflegtes Haar in eine unappetitliche Masse verwandelt hatte.
Ihr Gesicht war nur noch eine Maske, bedeckt mit Schlamm und Blut.
In der rechten Hand hielt sie am Schopf einen abgeschnittenen Kopf.
Und außerdem fauchte und grollte sie.
Er hatte sie schon öfter schlecht gelaunt oder gereizt erlebt. Aber diese Laute waren mehr als Reaktionen auf hochgeklappte Klobrillen und offene Schubladen.
Und es schien fast so, als amüsierte sie sich. Er umfasste sein linkes Handgelenk, um ein Zittern zu verbergen.

Er schaute sich wiederholt nervös in der Höhle um. Licht kam nur spärlich durch den Eingang, der in weiter Ferne schien. Über ihnen war nur Gestein, und der Boden war teilweise bewachsen und teilweise aus Geröll.

Zudem waren da tiefe Kuhlen, in denen sich Wasser und Schlamm gesammelt hatten. In genauso einer Kuhle kniete seine Frau gerade.

Aus dem kapitalen Kopf, den seine Frau mühelos in der Hand hielt, tropfte Blut.. Und eine nicht unbeträchtliche Menge davon lief seiner Frau einfach über den Arm.

Herr Winter war ein wenig schlecht, und er würgte, obwohl er eigentlich mit einem solchen Anblick kein Problem gehabt hätte. Seine Frau hingegen war diejenige, die Gewalt ganz und gar nicht ausstehen konnte.

Herr Winter konnte bislang nicht genau sagen, wessen Körperteil das eigentlich war. Er wusste nur, dass seine Frau in einem minutenlangen Kampf genau diesen Kopf abgeschnitten hatte. Er hatte bisweilen das Gefühl gehabt, seine Frau hatte sich absichtlich Zeit gelassen und hätte wesentlich fixeren Prozess mit ihrem Angreifer machen können. Hartnäckig versuchte er, den Eindruck zu verdrängen, dass seine geliebte Frau so etwas wie Spaß bei der ganzen Sache gehabt hatte.

Seine Frau hatte sich mit einer Eleganz und Kraft bewegt, die er nur aus Filmen kannte. Selbst die modernen Gladiatorenkämpfe, die auf dem Mars-Kanal liefen, waren harmlos im Vergleich zu dem Spektakel, das seine Frau gerade abgeliefert hatte.

Seine eigenen Erfahrungen im Nahkampf beschränkten sich auf Filme und Streams. Das einzige Mal, dass er auf Anraten seiner Frau eine Kampfsportschule besucht hatte, folgte ein längerer Aufenthalt in einer Zahnklinik und bei einem Chiropraktiker.

Bislang hatte er sich sicher gewähnt, die Talente und Schwächen seiner Frau zu kennen.

Kochen gehörten genauso wenig dazu wie Ballsport.

Doch offensichtlich gehörten Klingenwaffen zu ihren heimlichen Passionen.

Man hatte ihnen vor einigen Stunden eine ultrascharfe Monomachete ausgehändigt, um im dichten Dschungel voranzukommen.

Er hatte sich über das Spielzeug gefreut, und seine Frau hatte ihm bereits im Basiscamp klargemacht, dass sie das Ding nicht tragen würde.

Er hatte sich nicht im Traum ausgemalt, mit der Klinge etwas anderes zu bearbeiten als Lianen und Dickicht. Seine Frau hatte die Klinge weiterhin dankend abgelehnt und ihm den kompletten Spaß des Hackens überlassen.

Doch nun hatte seine Frau die Waffe in der linken Hand und ließ sie gekonnt kreisen.

Nicht nur die eleganten Bewegungen verwirrten ihn. Sie war zudem auch eigentlich Rechtshänderin. Aber sie bewegte die Klinge in der linken Hand, als ob sie noch nie etwas anderes gemacht hätte. Gerade hatte sie die Waffe in die Luft geworfen und fing sie auf, ohne hinzusehen. Und das mit einer Monomachete, einem Gerät, das Metall schneiden konnte.

Er musste nach Luft schnappen, hoffte aber tief im Inneren, weiterhin ignoriert zu werden.

Außer den schmatzenden Geräuschen der Masse, in der sie watete, war nur ihr schwerer Atem laut zu hören.

Dann drehte sie sich zu ihm um.

Ihre grünen Augen waren aufgerissen, und sie zeigte ihre Zähne wie ein Raubtier.

Dann formten ihre Lippen auf einmal ein Lächeln.

Er hatte Fluchtinstinkte, aber das letzte Bisschen Mut ließ ihn innehalten.

Immerhin handelte es sich um seine Frau.

Zumindest hoffte er das.

Sie verbreiterte ihr Lachen noch, nachdem sie sich mit dem Ärmel den Mund abgewischt hatte.

Dieses Lächeln, dem er seit 27 Jahren, 23 Tagen und 19 Minuten nicht widerstehen konnte.
Herr Winter war offengesagt nicht sicher, ob er Stolz empfand oder pure Panik.
Die Wahrheit lag irgendwo in der Mitte.
Langsam erhob sich seine Frau aus der Brühe und spuckte etwas auf den Boden neben den Schlammpfuhl.
Herr Winter hoffte inständig, sich verguckt zu haben, aber was seine Frau da so beiläufig aus ihrem Mund befördert hatte, hatte starke Ähnlichkeit mit einem Auge. Es kullerte noch eine Weile auf dem Boden herum, bis es zum Ruhen kam.
Dann schüttelte Frau Winter den Kopf und weitere Dinge flogen umher, von denen Herr Winter nicht wissen wollte, was sie waren.
Sie betrachtete den abgeschnittenen Schopf in ihrer Hand und lachte laut auf.
Herr Winter hatte den Besitzer des Kopfes noch vor einigen Minuten sehr lebendig gesehen. Die Erinnerung kehrte langsam zurück.
Die ganzen verstreuten und ausgespuckten Körperteile gehörten zu einem Wesen, das eigentlich mit den Winters kurzen Prozess hätte machen sollen.
An so viel erinnerte er sich wieder.
Herr Winter hatte schon mental sein Testament verfasst und sich auf sein nahendes Ende vorbereitet. Aber seine Frau war da anderer Meinung gewesen und hatte sich dem Vieh angenommen.

Viel später würde er von einer sehr seltsamen Quelle erfahren, dass das Monster ein sogenannter Fremaran gewesen war. Ein Wesen, das, wie er ebenfalls erst viel später erfuhr, hier nicht nur heimisch war, sondern auch schon einige Opfer unter den Besuchern dieses Planeten gefordert hatte.
Fakten, die ihnen weder der Reiseführer noch die Versicherungsagentur dargelegt hatten. Der Planet sei zwar weitgehend unerforscht, aber friedlich, hatte man ihnen gesagt.

Für Herrn Winters Geschmack war der Frieden hier äußerst diskussionswürdig.
Ein Klatschen und das Geräusch zerbrechender Knochen riss ihn aus seinen Gedanken, als seine Frau den Kopf achtlos in eine Ecke warf.
Dann kam sie auf ihren Mann zu. Bei jedem Schritt flossen undefinierbare Flüssigkeiten und Gekröse von ihr herunter.
Sie hinterließ eine Spur an Eingeweiden, die der Beherrschung seines Magens alles abverlangte. Hinter ihr auf dem Boden, halb im Schlamm versunken, lag das Ungeheuer, und zwar ausgesprochen tot.
Das würde ihm nie jemand glauben. Allerdings hoffte er, dass er in einigen Minuten überhaupt noch in der Lage wäre, diese Geschichte irgendjemandem zu erzählen.
Herr Winter war immer noch wie paralysiert und zitterte mittlerweile wie Espenlaub.
Nun spürte er den Atem seiner Frau im Gesicht. Dem Geruch und den Resten zwischen ihren Zähen nach zu urteilen, hatte sie auch mehrfach zugebissen während des Kampfes. Und irgendwie musste auch das Auge in ihren Mund gekommen sein, das sie vor einigen Momenten ausgespuckt hatte. Er lehnte sich so weit zurück, wie er konnte, ohne das Gleichgewicht zu verlieren.
Seine Frau lächelte ihn breit an und wischte die Machete an seinem linken Ärmel ab.
Einige Brocken organischen Materials fielen mit einem hässlichen Geräusch auf seinen Stiefel.
Dann steckte sie die lange Klinge in eine Scheide, die an seinem Gürtel befestigt war.
„Danke, Bruno. Die brauche ich jetzt nicht mehr", sagte sie mit fester Stimme.
Bevor er reagieren konnte, drückte sie ihm einen Kuss auf die Lippen. Unmittelbar schmeckte und roch er Erde, Blut und Schlimmeres.

„Und ich will niemals deine süßen Lippen missen“, hatte er damals vor 27 Jahren, 23 Tagen und 19 Minuten bei seinem Eheversprechen zu ihr gesagt.

Ein Versprechen, das er niemals brach, auch wenn er gerade würgen musste.

Sie unterbrach den Kuss und wischte sich den Mund ab.

„Du solltest dir mal die Zähne putzen, Bruno“, sagte seine Frau in abfälligem Ton, als ob das gerade das gravierendste Problem wäre.

Dann drückte sie sich an ihm vorbei in Richtung Ausgang.

Ihr Gang war fest und sicher.

Er war froh, dass sie sein Zittern nicht bemerkte. Dann hauchte er in die hohle Hand und atmete ein. Es war ihr Atem, der stank, nicht seiner, stellte er triumphierend fest. Allerdings entschloss er sich aufgrund der Situation, diese Erkenntnis erst einmal für sich zu behalten.

Dann wanderte sein Blick auf ihren Rücken, der ebenfalls mit Schlamm bedeckt war. Ihre Haare klebten darauf wie gekochte Nudeln an einer Küchenwand. Auch ihr Körper darunter war Teil seines Eheversprechens gewesen. Wenn auch ein Bereich, den er nicht vor Freunden und Familie angesprochen hatte. Ein Teil, den er auch nach 27 Jahren, 23 Tagen und 21 Minuten immer wieder äußerst attraktiv fand. Sein Blick blieb wie hypnotisiert hängen.

Gedankenverloren war ihm nicht aufgefallen, dass seine Frau angehalten und den Kopf zu ihm gedreht hatte. Sie räusperte sich laut, und er lief knallrot an wie ein Kind, das man beim Kekseklauen erwischt hatte.

Seine Frau hob die linke Augenbraue. „Das ist wieder typisch. Ich mache hier die ganze Arbeit und du starrst wieder nur auf meinen Hintern!

1

Irgendwann gegen Mitte des 20t. Jahrhunderts hatte sich die Menschheit neu organisiert. Genügend kluge Köpfe hatten erkannt, dass es so wie bisher nicht mehr weitergehen konnte: Ressourcenknappheit, ständiges Gerangel darum, welches Volk den besseren imaginären allmächtigen Freund hatte, Umweltverschmutzung.

Irgendwann war das Fass einfach übergelaufen.

Das, was danach folgte, hatte man einfach „Das große Aufräumen“ genannt.

Es war das Zeitalter der NHZ, der Neuen Humanen Zeitrechnung. Die Menschheit hatte sich gedacht: „Wenn wir einmal alles über Bord werfen, dann aber auch gleich richtig.“ Und das mit allem Brimborium: angefangen bei mittelgroßen Kriegen über Nahrungsmittelkrisen und künstlich erschaffenen Naturkatastrophen bis hin zur globalen Erkenntnis, dass künstliche Intelligenz nicht die Antwort auf alles war.

Es hatte einmal richtig gekracht, aber nun herrschte seit einigen Jahren größtenteils

Frieden und Wohlstand.

Das komplette System, aufrechterhalten von einem nicht zu unterschätzenden Aufwand an Diplomatie und einigen tausenden ballistischen, irgendwo im Atlantik versenkten Interkontinentalraketen und sogenannten „Forschungssatelliten“, funktionierte.

Jedenfalls besser als all das, was die Menschheit die vorherigen 2000 Jahre als „System“ benutzt hatte. Es lebte sich auf dieser neuen Erde friedlich, sauber und einigermaßen sicher.

Nicht nur dort, denn mit der Erschließung des Weltraums kamen noch eine stattliche Anzahl an Kolonien innerhalb und außerhalb des Sonnensystems hinzu.

Die raumfahrende Wissenschaft hatte mitgeteilt, dass es mehr bewohnbare Planeten gab, als man dachte.

Die Menschen hatten zudem irgendwann die Übersicht über Gold, Ziegen, Euros, virtuellen Währungen und kleinen Mondparzellen verloren.

Auch der mittlerweile interstellare Währungsmarkt machte einmal Tabula rasa, ganz zum Leidwesen der noch letzten Bitcoin- und Elon-Dukaten-Besitzer.

Pseudocoin – kurz PS – wurde inzwischen überall zwischen Even-Newer-York-City und den Industriekolonien auf Alpha Centauri akzeptiert.

Im Jahr 37 NHZ hatte sich die Menschheit nach einigen bahnbrechenden Erfindungen das Universum erschlossen. Die Durchbrüche in interstellarer Technologie gaben sich sprichwörtlich die Fortschrittsklinke in die Hand.

Ein großer Teil der Leute, die heutzutage jeden Tag mit Langlinern und interplanetaren Shuttles reiste, hatte keine Ahnung von den technologischen Wundern, die sich darin verbargen. Raumfahrt war für diejenigen, die es sich leisten konnten, schnell, komfortabel und in vielen Fällen durchaus sicher.

Die nahe Galaxis warb mit unglaublichen Wundern, die sich die zahllosen Raumtouristen für Pseudocoin ansehen konnten.

Schnell hatte man festgestellt, nicht allein im Universum zu sein, doch die ersten Begegnungen mit außerirdischen Lebensformen hatten sich als erschreckend ernüchternd herausgestellt. Ein überraschend großer Teil an Firmen, die sich mit Weltuntergangsszenarien finanziert hatten, verloren über Nacht ihre Kundschaft.

Ja, es gab Außerirdische, und ja, die waren technologisch und auch intellektuell den Erdlingen ein paar Stufen voraus, aber sie hatten wirklich kein Interesse an der Erde, geschweige denn an ihrer Vernichtung. Folglich war der Umsatz mit angeblichen aliensicheren Bunkern in den letzten Jahren spürbar zurückgegangen.

Die Außerirdischen hatten entweder kein Interesse an Eroberung oder konnten über Bunker nur lachen. Anscheinend hatten einige von ihnen die Erde auch schon besucht, den Planeten aber schnell ad acta gelegt.

Da gab es zum einen das zentralgalaktische Kollektiv, die klargemacht hatten, dass sich die Erde lediglich auf der Entwicklungsstufe der erweiterten Kriechtiere befand.
Sie wollten so lange keinen Kontakt aufnehmen, bis die Menschen nicht die Phase des „W´tork“ erreicht hatten. Um das mysteriöse „W´tork“ hatte sich dann im Verlauf weiterer Jahre eine Religionsgemeinschaft gebildet, die in kürzester Zeit den klassischen Glaubensgemeinschaften auf der altmodischen Hemisphäre den Rang abgelaufen hatte.
Und dann gab es zum anderen noch die Olmekuten, denen die Menschen lieber aus dem Weg gingen. Sie hatten klargemacht, dass der genetische Pool der Erde, ihre Kultur und ihre Bodenschätze äußerst irrelevant für sie waren. Es war ihre Art zu sagen: „Ja, uns gibt es, aber ihr bleibt da, wo ihr seid, und wir, wo wir herkommen.“ Sie hatten auch sehr freundlich auf die lenkbaren Asteroiden hingewiesen, die jederzeit einfach mal so auf die Erde zusteuern könnten, wenn man denn die Privatsphäre der Olmekuten nicht respektieren würde.
Und so galt im bekannten Universum „Leben und leben lassen an allen Fronten“.
Sehr zur Enttäuschung von Exobiologen und Verschwörungstheoretikern.
Was man an außerirdischem Leben dann tatsächlich fand, passte entweder in eine Petrischale oder war so bizarr, dass man allein schon vom Anblick Kopfschmerzen bekam. Die Sturmbestien von Glombar IV zierten nicht umsonst zahlreiche Migräne-Nanobot-Dosen.
Immerhin boomte der galaktische Tourismus.

Einige Planeten ließ man einfach links liegen. Aber bei den wenigen, die auch für Menschen angenehme Bedingungen boten, gaben sich zahlenden Kunden die Druckkabinenklinke in die Hand.
Den überlichtschnellen Raumtransport hatten die Menschen vor einigen Jahren ja fast schon durch Zufall für sich entdeckt. Einige Physiker in der Universität von Hamburg hatten nach innovativen Methoden gesucht, Weltraumprotestanten aus ihren Stasisfeldern zu lösen. Es hatte sich um eine, nun mittlerweile aufgelöste, Gruppe der „Schon wieder letzten Generation“ gehandelt, die gegen die Verschmutzung des Raumes protestiert hatten.
Stasisfelder waren damals ein echtes Problem gewesen, und die neu entwickelte Methodik der Wissenschaftler hatte gleich ein halbes Dutzend Protestanten in den Hyperraum befördert. Unwissentlich und unwillentlich waren sie die ersten Menschen gewesen, die sich schneller als das Licht fortbewegt hatten.
Mittlerweile war die Technologie stabil, größtenteils sicher und zentraler Bestandteil der intergalaktischen Raumfahrt. Bei Touristen beliebt waren Langliner. Große, komfortable Raumschiffe, die jegliche Art von Komfort boten. Kreuzfahrtschiffe des 22. Jahrhunderts.

Das Ehepaar Winter befand sich in einer Frontkabine eines solchen Langliners mit einer spektakulären Aussicht. Der Anblick war surreal. Man hatte ständig das Gefühl, etwas zu sehen, was für menschliche Augen nicht gemacht war. Frontkabinen waren teuer und äußerst beliebt.
Sie hatten sich den Trip einiges kosten lassen, aber den Winters ging es gut: Sie war Lehrerin an einer Privatschule, er Techniker in einer Finanzfirma. Auch im 22. Jahrhundert waren Bildung und Vermögensanlagen gefragt.
Die Kabine der Winters war über 50 Quadratmeter groß. Die Konstrukteure der Langliner unterlagen keinen physikalischen Einschränkungen von Gravitation

und Atmosphäre. Es waren reine Raumschiffe, die man überaus großzügig konstruierte.
Der Raum selbst konnte – mit Varioplast ausgestattet – eine Vielzahl von Formen und Farben annehmen. Es war Reisen so angenehm, wie es nur sein konnte.
Mit einem kaum wahrnehmbaren Zischen verschloss sich der kleine Serviceschacht inmitten der Kabine. Es war ein angenehmer Luxus, dass man für Zimmerbestellungen einfach auf die Automatik des Langliners zurückgreifen konnte. Das Ehepaar hatte sich heute dagegen entschieden, die zahlreichen Annehmlichkeiten des Raumschiffes in Anspruch zu nehmen, und genoss einen Tag auf der faulen Haut. Beide waren schon recht angetrunken und hatten herausgefunden, dass ihr Abenteuerpass nach Arkturus 3 auch das umfangreiche Getränkepaket enthielt. Und an Bord der Nabucco-Sol gab es eine Menge Getränke.
Frau Winter, die trotz der kurzen Wartezeit ungeduldig mit den Fingern gegen das Serviceportal geklopft hatte, nahm das Tablett und genehmigte sich einen großen Schluck von dem servierten Getränk.
„Ah!", gab sie von sich, als der eiskalte Gin Tonic ihre Kehle herunterfloss. „Den habe ich jetzt gebraucht", fügte sie hinzu und leerte das Glas fast komplett.
Frau Winter war von dem bevorstehenden Aufenthalt nur halb so begeistert wie ihr Mann, der sich seit Wochen freute wie ein Honigkuchenpferd.
Bruno Winter betrachtete seine Frau und schüttelte leicht den Kopf. „Es ist ja nicht so, dass du heute noch keinen Drink gehabt hättest", kommentierte er kritisch, aber eigentlich mochte er die kleine Rötung auf ihren Wangen, wenn sie etwas getrunken hatte.
Er war ohnehin der Meinung, einen absoluten Volltreffer geheiratet zu haben. Auch wenn das 22. Jahrhundert alle Möglichkeiten zur optischen Veränderung bot, liebte sie es eher klassisch.

Herr Winter wusste aber nur zu gut, dass sie auch anders konnte, wenn sie wollte.

Mit einem verschmitzten Lächeln verzog er die Mundwinkel.

Er hatte ein bequemes Shirt und passende Hosen für eine Raumreise an. Das Material konnte Form und Farbe ändern, und Herr Winter liebte diese Spielzeuge. Aktuell zeigte seine Brust das Logo einer längst vergessenen Band namens Metallica aus dem 21t. Jahrhundert. Dieses Zeitalter war sein Hobby und seine Passion, ganz zum Leidwesen seiner Frau. Er strich ihr über die blonden Haare und setzte sich auf den Rand eines Möbels.

„Ach, Quatsch!“, kam die Antwort von Frau Winter und zwinkerte ihm aus leuchtend grünen Augen entgegen. Sie hatte sich auf der bequemen Mehrzweckeinrichtung niedergelassen und streckte alle viere von sich.

Der Langliner war in den ersten Klassen mit allen Schikanen ausgestattet.

Die Mehrzweckeinrichtung war eine davon. Synchronisierend mit den Hirnwellen der Gäste formte das Nanogewebe immer das passende Sitzmöbel. Ob einen ergonomisch korrekten Sitz für die Arbeit an einem Tisch oder wie in diesem Fall ein Ruhelager.

„So ein Ding brauchen wir für zuhause“, kommentiere Frau Winter, die durch den Alkohol spürbar ruhiger geworden war.

Ihre Hand strich über das Gewebe, das sich samtig und kühl anfühlte.

Ihr Mann hatte sich neben sie gesetzt. „Du weißt schon, was dieser Spaß kostet, Schatz?“, antwortete er mit einem breiten Lächeln. Er wollte den leichten Schwips seiner Frau nicht ausnutzen, aber er war schon seit langem scharf auf so ein Teil.

„Ich bin leicht angeduselt, aber nicht so viel, dass ich dich so eine Liege kaufen lassen würde!“, antwortete seine Frau und zwinkerte ihm zu.

Sie grub sich tiefer in das Lager.

Herr Winter ließ seine Finger fast beiläufig auf ihrer Wirbelsäule entlangspazieren.
„Vielleicht kann ich dich ja von den positiven Aspekten einer Nanogewebemehrzweckeinrichtung überzeugen?“, fragte Herr Winter hoffnungsvoll.
Seine Frau streckte sich ihm entgegen und wenige Momente später flogen Kleidungsstücke durch die Kabine.

Es sollte ein besonderer Urlaub werden. Fernab von den üblichen Strandplaneten und Besichtigungen der sicheren Fremdplaneten. Allein schon der dreitägige Flug war spektakulär und das Geld wert.
Der Planet war anders, so hatte es das Reisebüro und alles, was die Winters im Netz hatten finden können, gesagt. Und sie freuten sich darauf. Zumindest Herr Winter, denn seine Frau war von der ganzen Idee eher weniger angetan.
In ihren 27 Jahren Ehe machten sie immer einen langen und kostspieligen Urlaub, der sie zumeist quer durch die Galaxis führte. Die letzten Urlaube hatten sie zumeist auf einem der wunderschönen Meeresplaneten im Aquarius-Sektor verbracht. Wochenlanges Sonnen und Baden auf einer eigenen gemieteten Insel. Es war Entspannung pur gewesen.
Herr Winter hatte schon seit Längerem immer mal wieder Andeutungen gemacht: Holopads auf dem Küchentisch liegen gelassen oder sich Outdoorausrüstung angesehen. Seine Frau hatte den Braten schnell gerochen und ihm die Erlaubnis erteilt. Ihr Mann hatte vor der Reise aus lauter Vorfreude seit Wochen nicht richtig schlafen können.
Der Planet war erst vor Kurzem für den Tourismus freigegeben worden. Und wirklich „erschlossen“ war er auch nicht. Vielmehr hatten einige der großen interplanetaren Reiseagenturen einen riesigen Berg Geld eingesetzt, um sich den

Zugang zu erkaufen. Frau Winter hatte in der Agentur zwar einen kompletten Fragenkatalog gestellt, aber ein gewisses Restrisiko blieb.

Der Planet lag außerhalb der Reichweite der terranischen Zentralverwaltung, fernab der Kolonien der Olmekuten und war anscheinend auch für das zentralgalaktische Kollektiv nicht von Interesse. Mehrere Jahrzehnte nach seiner Entdeckung waren seine Geheimnisse immer noch weitgehend unerforscht, und alle wissenschaftlichen Expeditionen waren mit zumeist mit leeren Händen zurückgekehrt. Arkturus 3 war einer der nullhistorischen Planeten. Einer der Himmelskörper, der noch von keinem bekannten galaktischen Volk besiedelt worden war.

Der Besuch des Planeten war nicht ungefährlich, das wussten die Winters. Sie hatten mehrere Verzichtserklärungen unterschreiben und zudem ein einwöchiges Training für den Besuch von unerschlossenen Exoplaneten besuchen müssen.

Herr Winter, der für die Reise komplett im Voraus bezahlt hatte, hoffte nur insgeheim, dass es das wert war.

Seine Frau war meist etwas speziell in ihren Ansprüchen an Urlaub. Da konnte schon einmal das falsche Duschgel im 5-Sterne-Hotel eine Eskalation auslösen. Er konnte nur beten, dass es auf dem Planeten überhaupt Toilettenpapier oder wenigstens Muscheln gab.

Auf einmal aktivierte sich das holographische Kommunikationsterminal der Kabine.

Herr Winter sprang auf und hielt die Hand auf die Bestätigungsfläche. Die Projektion einer Stewardess erschien.

„Ladys und Gentlemen. Darf ich um Ihre Aufmerksamkeit bitten?“, sprach sie mit geübter Stimme. Sie hatte die silberne Uniform der Nabucco-Flotte an, dazu eine

altmodische Mütze über einem brünetten Pferdeschwanz. Sie lächelte freundlich in das Aufnahmegerät.
Herr Winter beobachtete die Ansage mit vollem Interesse. Etwas zu viel Interesse für seine Frau. Frau Winter schnippte ihrem Mann mit ihren Nägeln ans Ohr.
„Aua", rief er laut und hielt sich das Ohrläppchen. „Für was war das denn?"
Frau Winter betrachtete die äußerst knapp und betont geschnittene Uniform der Stewardess. Dann wandte sie sich zu ihrem Mann. „Wirklich, Bruno?", fragte sie angriffslustig und hob eine Augenbraue.
Ihr Mann zuckte nur mit den Schultern und tat so, als ob er nicht wüsste, um was es ging.
„Bitte deponieren Sie Ihr Gepäck in den Ladebuchten Ihrer Kabine, so dass wir dieses auf den Zielplaneten transportieren können", fuhr die Stewardess fort. „Bitte beachten Sie, dass aufgrund Bestimmungen in diesem galaktischen Sektor nur Drogen, Implantate und Technologien der Kategorien 1f und 2g eingeführt werden dürfen. Bitte finden Sie sich um 0800 Bordzeit im Sektor G des Schiffes ein." Die Projektion verschwand.
„Kategorie 1 und 2!" Frau Winter lachte ungläubig. „Was glauben die denn, was Touristen alles auf den Planeten bringen wollen?"
Sie wandte sich ihrem Gepäck zu, was ihrem Mann ganz recht war.
Unbemerkt warf er ein kleines Päckchen in den Müllschlucker und hoffte, dass seine Frau ihn nicht bemerkte.

2

Der Landeanflug war bereits ausgesprochen spektakulär.

Die Winters waren zwar erfahrene kosmische Touristen, aber heute war auch für sie etwas Neues. Sie waren im Langliner in ein militärisches Landungsshuttle umgestiegen. Mit dem Komfort einer privaten Kabine war es nun vorbei.

Der Kommandeur des Shuttles hatte sich die Sicherheitsinstruktion gespart und nur lapidar gemeint: „Wenn die Andruckabsorber nicht mehr halten, nutzen Ihnen die Gurte auch nix mehr. Hoffen Sie also nur, dass die Ingenieure und Wartungscrew einen guten Tag hatten, denn der Ritt wird intensiv!"

Er hatte nicht übertrieben, denn Arkturus 3 lag inmitten einer kosmischen Wolke, deren Farbe einen leichten Stich ins Basilikumgrüne hatte.

Frau Winter empfand die Sicht als romantisch und hatte sich an ihren Mann gekuschelt, soweit das die militärischen Schalensitze zugelassen hatten. Doch die Romantik wurde harsch unterbrochen, als das Shuttle von Vibrationen durchgeschüttelt wurden.

Frau Winter zweifelte, dass ihr Mann an dieser Stelle sein überaus üppiges englisches Frühstück im Magen halten konnte. Vorsorglich drehte sie seinen Kopf weg von ihr für den Fall der Fälle.

Dann kam Arkturus 3 in ihr Sichtfeld. Ein blassgrüner Planet, der auf die Entfernung sehr harmlos aussah. Frau Winter hatte sich Spektakuläres vorgestellt, ähnlich den Saturnringen oder dem Asteroidengürtel.

Sie bemerkte einen Mann mittleren Alters, dessen Ausrüstung aussah, als ob er einen Katalog für die Erforschung von Exoplaneten einmal komplett runtergekauft hätte. Er hatte einen Overall aus Nanomaterial an, einen passenden Hut und jede Menge Dinge, die an diversen magnetischen Halterungen befestigt waren.

Der Mann starrte sie schon eine geraume Zeit an.

„Bisschen dürftig, Ihre Ausrüstung!", kommentierte er und begutachtete Frau Winter von Kopf bis Fuß.

„Ach ja? Was erwarten Sie denn?", erwiderte Frau Winter und hob eine Augenbraue.

„Exoplaneten sind immer voller Aliens. Da können die uns erzählen, was sie wollen. Diese verdammten Olmekuten brüten hier!"

„Ist das so?" Frau Winter täuschte Interesse vor.

Der Mann lehnte sich nach vorn. „Ja, ich habe aus verlässlicher Quelle gehört, dass diese Aliens hier nisten und sich auf eine Invasion der Erde vorbereiten!"

Frau Winter machte mit den Händen eine erschreckte Geste. „O nein!", sagte sie laut und erregte die Aufmerksamkeit ihres Mannes.

„Bitte?", sagte Herr Winter überrascht.

„Schatz, die Olmekuten brüten hier! Hat mir dieser freundliche Mann gesagt!" Sie zeigte auf ihr Gegenüber.

Der Mann konnte nicht sehen, wie Frau Winter ihrem Mann zuzwinkerte. Auch ohne die Geste, hatte Herr Winter verstanden. Über die Olmekuten war zwar nur wenig bekannt, aber sie waren in einem völlig anderen Sektor, und sie waren ein Volk, das nicht brütete. Was auch immer der Mann da vor ihnen gegessen hatte: Es war ihm nicht bekommen.

„Und Sie sind jetzt sicher in geheimer Mission unterwegs?", stieg Herr Winter in das Gespräch ein.

Der Mann vor ihnen richtete sich noch weiter in seinem Schalensitz auf und blickte sich vorsichtig um.

„Man kann nie sicher sein, wo sie Agenten haben!", sagte er, während er unbeholfen ein kleines Gerät auf die Winters richtete. Das Ding piepste leise und der Mann nickte zustimmend.

Egal, was er grade analysiert hatte: Die Winters hatten bestanden

Frau Winter nickte ihm noch einmal mit gespielter Begeisterung zu und wandte sich wieder der Aussicht durch eines der Seitenfenster zu.

Rund 30 Minuten später setzte das Shuttle auf einer sehr rudimentären Landebahn auf und entlud die Gäste mitsamt ihres Gepäcks. Frau Winter blickte einen Moment den Triebwerksflammen sehnsuchtsvoll hinterher.
„Da geht sie dahin, meine letzte Chance auf eine Thaimassage", sagte sie trocken und blickte ihren Mann finster an.
„Ach komm, Hase, das wird super!", kommentierte Herr Winter, der sich wie Bolle freute. Er hatte eine altmodische Baseballcap mit der Aufschrift „NASA" auf und sah sich wie ein Kind im Spielzeugladen um.
Die dicke Luft schlug ihnen ins Gesicht wie eine Ohrfeige. Es roch exotisch und die Geräuschkulisse gab ihr Übriges, sich hier ganz und gar fremd zu fühlen.
Die Gruppe stand ein wenig wie bestellt und nicht abgeholt herum. Weder Begrüßungskomitees noch Willkommensdrinks, ganz zum Leidwesen von Frau Winter.
Der Verschwörungstheoretiker hatte sich, überraschend unauffällig, bereits am Waldrand postiert und nutzte das startende Shuttle, um zu verschwinden.
„Na dann wünsche ich ihm viel Glück bei der Suche nach der Brut", sagte Herr Winter und seine Frau lachte laut.
Empfangen wurden sie schließlich von einem Mann mittleren Alters, der in einem orangenem Overall steckte und mit einem Holopad winkte. Zusammen mit der Mütze und seinen Schlammstiefeln sah er für Frau Winter mehr wie ein Bauarbeiter als ein Touristenführer aus.
„Hereinspaziert, seien Sie nicht schüchtern!", rief er mit aufgesetzter Freundlichkeit.

Seine Stimme nervte Frau Winter bereits jetzt, und sie wünschte sich sogleich zurück auf den Langliner. Sie hatte die dunkle Vorahnung, dass dieser Urlaub ganz und gar nicht nach ihrem Geschmack werden würde.

„Willkommen auf Arkturus 3 und dem Abenteuer eures Lebens!“ Der Mann versuchte, etwas Dramatik in seine Stimme zu bringen. Er fuchtelte mit den Armen, um seine Aussage zu untermauern. Ein paar Insekten flogen ihm ins Gesicht, die er hektisch wegwedelte.

„Ihres Lebens!“, fügte Frau Winter trocken hinzu und schüttelte abwertend den Kopf.

„Bitte?“, fragte der Reiseführer, der den Kommentar nicht ganz verstanden hatte.

„Ich kenne Sie nicht, Sie kennen mich nicht. Da bleiben wir doch fürs Erste bei der formellen Anrede, meinen Sie nicht auch?“, sagte Frau Winter mit einem ausgesprochen neutralen Lächeln.

Der Reiseführer war sichtlich verunsichert und sortierte für einige Momente seine Gedanken, bevor er weitermachte. Erneute wedelte er einige Insekten aus seinem Gesicht.

„Keine Angst, die meisten von denen beißen nicht“, sagte er schnell, als ihm klar wurde, dass ihn die komplette Gruppe beobachtete.

„Die meisten, aha“, kommentierte Frau Winter, für deren Geschmack der Luftraum dieses Planeten jetzt schon zu viele Beine, Rüssel und Flügel hatte.

„Bitte nehmt ... nehmen Sie Ihr Gepäck und folgen Sie mir ins Un-ge-wi-sse!“, sagte der Reiseführer. Das letzte Wort streckte er für mehr Dramatik.

„Ich muss das selbst tragen?“, protestierte auf einmal eine weibliche Stimme irgendwo aus der Mitte der Gruppe.

„Ja, meine Liebe. Arkturus 3 ist voller Wunder, aber Gepäckbänder gehören nicht dazu.“ Der Tonfall des Reiseführers klang, als ob er diesen Protest nicht zum ersten Mal gehört hatte. „Es sei denn, Sie haben das planetare Luxus-Paket gebucht, dann wären ein paar Ladedrohnen enthalten“, fuhr der Reiseführer fort und schaute zum Ursprung der Stimme in der Mitte der Gruppe. „Plus Getränke und Premium-Verpflegung. Haben Sie das Paket denn gebucht?“, hakte er nach, während er durch eine Liste seines Holopads ging.

Die protestierende Frau grummelte etwas und klemmte sich ihre stattliche Anzahl an Taschen unter die Arme.

„Es gab ein planetares Luxus-Paket, Bruno?“ Frau Winter warf ihrem Mann einen bösen Blick zu.

„Du hast gesagt, ich soll sparen und nur das Notwendigste nehmen. Ich hatte gedacht, der Alkohol reicht auf dem Schiff“, antwortete ihr Mann knapp.

„Oh, glaub mir, Getränke, speziell mit Umdrehungen, sind hier sehr notwendig!“, kommentierte seine Frau und schnallte ihren Rucksack demonstrativ fester.

Ihr Mann zuckte mit den Schultern und nahm ihre Taschen.

„Getränkepaket“, grummelte Frau Winter vor sich hin und setzte sich in Bewegung.

Auch der Rest der Reisegruppe nahm sein Gepäck und folgte dem Mann zum Basiscamp.

Der Weg war mit Kunstmaterial gegossen, das man wohl einfach über den Dschungelboden gekippt hatte. Die Luft war stickig und feucht. Von überall kamen fremdartige Geräusche. Arkturus 3 zischte und brummte unentwegt.

„Gewöhnen Sie sich daran“, fuhr der Reiseführer unvermittelt fort. „Das Licht hier wird auch nicht heller und die Luft nicht trockener.“

„Ach du jemine!“, protestierte dieselbe Stimme wieder, die sich schon über die mangelnden Gepäckträger beschwert hatte.

„Mittendrin statt nur dabei! Ganz schön aufregend, was, Hase?“, sagte Herr Winter, der durch Bewegungen seiner rechten Hand eine Kameradrohne über ihnen steuerte.

„Aha“, antwortete seine Frau, die seine Begeisterung ganz und gar nicht teilte. Sie hatte schon zu viele Dinge mit zu vielen Beinen und Tentakeln gesehen.
Nach rund 10 Minuten Marsch durch den Dschungel tat sich vor ihnen eine Lichtung auf, die man sorgsam gerodet hatte. In der Mitte war das, was der Reiseführer so vollmundig als Basiscamp bezeichnet hatte. Sie hatten zwar nicht mit einem kompletten und luxuriösen Hotel gerechnet, aber das, was sie hier erwartete, war doch schon ein wenig rustikal, speziell für Frau Winters Geschmack.
Bei ihren Urlauben bestand sie auf sanitäre Anlagen und zumindest etwas, das an einen Kaffee erinnerte. Aber was sie hier im „Abenteuerurlaub ihres Lebens“, so wie es der Reiseagent versprochen hatte, vorfand, war dann doch etwas rudimentär.
Eine der Forschungsexpeditionen hatte ihre vor Ort konstruierten Baracken einfach stehen gelassen. Einige mit Spraydosen angebrachte unkonventionelle Dekoration versprachen nicht nur einen farbenfrohen, sondern auch einen aromatisch eher gewöhnungsbedürftigen Aufenthalt.
„Giftgrüner Scheißplanet“, sprach Herr Winter das Graffiti aus, vor dem sich gerade ihr Reisebegleiter aufbaute. Das Wort „Scheiß“ hatte der Künstler mit selbst-leuchtender Farbe gesprüht.
Frau Winter nahm sich die Zeit, den Rest der Touristen in Augenschein zu nehmen. Zu ihrer Gruppe gehörten noch circa 20 andere Reisende, die sich ebenfalls mehr oder weniger über die Unterkunft freuten. Die Gruppe war bunt gemischt, fiel Frau Winter auf. An Bord des Langliners hatten sie ihre private Kabine kaum verlassen.
„AchduliebesBisschen“, protestierte die Unbekannte wieder in einer Stimmlage, die Frau Winter bis in ein Zahnimplantat verfolgte.
Sie sah sich um und entdeckte eine platinblonde Frau undefinierbaren Alters, die den Weg bis hierhin in Stöckelschuhen zurückgelegt hatte. Auch ihr Overall, den

sie wohl in einem Designerladen erstanden hatte, passte für die Gelegenheit ganz und gar nicht.

„Keine Angst, meine lieben Freunde! Für Ihr leibliches Wohl ist hier bestens gesorgt. Die Fassade dient nur der abenteuerlichen Außenwirkung.“ Der Reiseleiter zwinkerte bei dem einstudierten Satz einer Frau in ihrem zu knappen Outfit zu.

Frau Winter zog scharf die Luft zwischen den Zähnen ein.

„Bei der Reisebuchung wurde uns zugesichert, dass der Planet harmlos ist“, kommentierte die Frau und warf dabei ihre Locken zurück.

Sie war Frau Winter schon an Bord des Langliners bei ihrem einmaligen Besuch des Fitnessstudio aufgefallen. Ihr Overall schien in den letzten Stunden noch weiter geschrumpft zu sein.

„Harmlos? Dieser Planet ist voller Wunder! Aber ob die alle harmlos sind?“, kommentierte der Reiseleiter. Sein aufgesetzter Humor kostete Frau Winter einige Selbstbeherrschung. „Größtenteils harmlos!“, rief er laut und machte eine Geste, die wohl bedrohlich wirken wollte.

Die Frau, die die Frage gestellt hatte, zuckte erschreckt zusammen. Sie wankte bedenklich auf ihren viel zu hohen Absätzen.

Herr Winter hingegen fing laut an zu lachen. „Größtenteils harmlos! Haha! Der ist echt gut“, kommentierte er und wischte sich eine Träne aus dem Augenwinkel. „Habt ihr hier auch Sandwürmer?“, fügte er hinzu, während er sich vor Lachen kaum halten konnte.

Doch der finstere Blick seiner Frau ließ ihn innehalten. „Du fandest das jetzt nicht wirklich lustig, oder?“ Frau Winter hatte weder den Witz verstanden noch, warum ihr Mann darauf reagiert hatte.

„Das war eine Referenz auf ...“, begann er eine Erklärung, doch verstummte, da der Führer ihn ebenfalls finster ansah. Herr Winter entschied sich zu schweigen.

„Dürfte ich mit der Erklärung weitermachen, um sicherzugehen, dass der Ausflug auch harmlos bleibt?“ Die Stimme des Reiseleiters nahm einen ernsthaften Ton an. „Arkturus 3 ist erst seit circa 5 Jahren in den Katalog der bekannten Planeten aufgenommen worden.“ Mit seinem Holopad projizierte er einige Fakten über den Planeten vor die Reisegruppe. Erneut wandte er sich der Dame im Overall zu, die augenblicklich ihre Anatomie in Stellung brachte. Frau Winter bemerkte nun die winzigen Kameradrohnen, die sie umkreisten. Mit Sicherheit würden diese Videos und welche mit weniger Overall später ins Omni-Net wandern und den Trip über „OnlyIdiots“ finanzieren.

„Es waren einige militärische Einheiten hier, die den Planeten auf Unbedenklichkeit geprüft haben. Wenn Sie das beruhigt“, sagte der Reiseführer. Es folgten noch einige weitere Ausführungen über Ausflugsmöglichkeiten und den Ablauf der nächsten zwei Wochen. Anschließend bekamen sie alle Baracken zugeteilt, die aus hochverdichtetem Verbandsmaterial bestanden. Es waren ehemalige Forschungseinrichtungen, die ihre Reiseagentur für Touristen umgestaltet hatte.

Es war angenehmer, als Frau Winter befürchtet hatte. Zwar standen überall noch Ausrüstungsgegenstände herum, aber man hatte dafür gesorgt, dass es den Gästen an nichts fehlte. Sie hatte das Gefühl, dass man die Einrichtung absichtlich so gestaltet hatte, um den Eindruck einer Expedition zu erwecken. Es gab Stauraum, Waschmöglichkeiten und eine kulinarische Einheit mit Lebensmitteln und Kühlfunktion. Lediglich die Auswahl an Getränken ließ sie laut aufstöhnen.

Es gab einige Dosen mit Cocktails und Longdrinks, die jedoch in einem separaten Stasisfeld innerhalb des Kühlschranks schwebten. Als sie versuchte, sich einen Drink zu nehmen, ertönte eine freundlich modulierte Stimme: „Das von Ihnen ausgewählte Premium-Getränk ist Bestandteil des Luxus-Pakets Ihrer Reise. Bitte halten Sie Ihren Währungs-Stick auf die Bezahlfläche zur Freischaltung.“

Frau Winter beließ es dabei. Wenn sie später Alkohol brauchte, könnte sie immer noch darauf zurückgreifen.
Dann wandte sie sich dem Schlafzimmer zu. Sie nickte anerkennend, denn sie hatte sich schon auf das Schlimmste eingestellt. Es war nicht geschmackvoll, aber zweckmäßig und durchaus angemessen eingerichtet.
Nachdem sie ihre Sachen verstaut hatten, legte sie sich auf das Sensoschaumbett und schloss die Augen für einen Moment. Vor ihrem geistigen Auge erschienen Strände, Meer und freundliche Androiden mit 4 Armen, die ihr den Rücken kneteten.
Ihr Mann hingegen lief umher und war völlig aus dem Häuschen.
Er selbst arbeitete in der Forschung und hier standen etliche Gerätschaften herum, die er am liebsten eingepackt hätte. Anscheinend hatten die Organisatoren der Reise einfach alle alten Ausrüstungsgegenstände an Ort und Stelle gelassen, um einen Hauch Authentizität zu erzeugen.
„Guck mal, Schatz. Die Typen haben einen RF22 hier gelassen. Was für Trottel!“, sagte Herr Winter und grinste über beide Ohren.
Frau Winter, die kurz eingenickt war, öffnete die Augen und beobachtete ihren Mann. Er hielt einen unscheinbaren Apparat in der Hand, der bei seiner Frau nur ein gequältes Lächeln erzeugte. Dann drückte er auf einen Knopf und ein rubinroter Energiestrahl von der Dicke eines Fingers löste mit einem Puffen einen Kaffeebecher in seine Moleküle auf.
Schlagartig war Frau Winter hellwach. „Bruno! Nein!“, ermahnte sie ihn, denn ihr Mann war schon dabei, das Ding in sein Gepäck zu schmuggeln.
Es schüttelte sie innerlich. Eigentlich hatte sie nur ihrem Mann zuliebe dem Trip zugestimmt, aber nun lag ihr die Aussicht auf zwei Wochen hier schwer im Magen. Und wenn ihr Mann diesen Laser schon in der ersten halben Stunde gefunden hatte, wollte sie nicht wissen, was er noch alles zu Tage bringen würde.
Er hatte ein Talent dafür.

Allerdings konnte sie eine gewisse Neugier nicht unterdrücken. Immerhin war es ein fremder Planet, dessen Scans in den letzten 5 Jahren unmöglich alle Geheimnisse hatte zu Tage bringen können. Vielleicht machte sie auch eine spannende Entdeckung.

Sie konnte noch nicht ahnen, wie recht sie damit hatte.

3

Herr Winter hatte offensichtlich Spaß an der Monomachete, die man ihnen für den Ausflug ausgehändigt hatte. Wenn man das Ding am Griff einschaltete, versetzte eine Technik die Klinge in Vibration. Die Machete ging durch Äste wie durch warme Butter. Er überlegte sogar, sie in das Gepäck zu schmuggeln und die Klinge als Souvenir mitzunehmen.

„Vergiss es, das Ding kriegst du niemals durch die Bodenkontrolle!“ Seine Frau hatte seine Gedanken gelesen.

„Hmpf“, grummelte Herr Winter vor sich hin. Er hatte schon genügend Platz für die Machete und den RF22 in seinem Koffer gemacht und insgeheim gehofft, zumindest eines der beiden bis zur Erde zu bringen. Laut den Bedingungen der Reise war es ihnen verboten, Artefakte und Lebensformen mitzunehmen. Von Ausrüstung war aber in keiner Passage die Rede gewesen, da war sich Herr Winter sicher.

Frau Winter hatte ihre eigene Machete gar nicht mitgenommen, sondern konzentrierte sich auf das Ultrakurzwellengerät, das die zahllosen Insekten von ihr fernhielt. Sie hasste alles, was mehr als 4 Beine hatte. Und davon gab es hier eine Menge: Gliedmaßen, Tentakel und Körperteile, die sie nicht einmal benennen konnte.

„Von dem Viehzeug haben sie hier nichts erzählt, Bruno. Ganz schön widerlich!“, sprach sie mehr zu sich als zu ihrem Mann.

Es wimmelte überall von kleinen Lebewesen, und es war manchmal gar nicht klar, was Pflanze und was Tier war. Der ganze Dschungel roch ständig seltsam, und aufgrund der Sonneneinstrahlung hatte alles irgendwie immer einen Grünton.

„Bruno, über deine Definition von Urlaub müssen wir uns noch unterhalten!“, rief sie in den Dschungel.

Ihr rann Schweiß in den Nacken und ihre linke Fußsohle juckte kontinuierlich, was sie halb in den Wahnsinn trieb.
Sie war mental schon längst zurück in den Wellness-Zellen des Langliners, wo Automaten den kompletten Körper massierten, salbten und pflegten.
Sie bemerkte gar nicht, wie ihr Mann voller Enthusiasmus eine halbe Landebahn in den urweltlichen Dschungel hackte. Er hatte seine Audioimplantate mittlerweile auf volle Lautstärke gestellt und bewegte die Waffe im Rhythmus klassischer Musik des 20. Jahrhunderts.
Sie waren schon seit über einer Woche auf dem Planeten Arkturus 3, und Frau Winter hatte, wie man so sagte, die Schnauze voll. Der Planet wechselte im Rekordtempo Wetterzonen, und so gaben sich Regen und subtropische Hitze die Klinke in die Hand.
Herr Winter hatte sich bereits mental darauf vorbereitet, für den Trip noch einige Jahre Buße zu tun. Seine Frau hatte unmissverständlich klargestellt, dass die Urlaube der nächsten 100 Jahre aus Strand und Meer bestehen würden. Was er sich allerdings nicht anmerken ließ: Er hatte Spaß!
Der Planet war fremdartig und ließ das seine Besucher an allen Ecken spüren. Nichts hier roch wie auf der Erde oder fühlte sich normal an. Sogar die sich selbst erhitzenden Verpflegungspakete schmeckten anders, als sie sollten. Er hatte ein Abenteuer gewollt und genau das bekommen.
Heute war einer der Höhepunkte für ihn. Sie waren mit Antigrav-Plattformen in den tiefen Dschungel gebracht worden und erkundeten hier die Umgebung auf eigene Faust. Herr Winter hatte seine Frau schon ein paar Mal davon abhalten müssen, den Rückhol-Anruf zu tätigen. Sie würden ihre aktuelle Position übermitteln und abgeholt werden. Wenn es nach Frau Winter ging, hätte sie schon seit Stunden lieber in einer heißen Badewanne gelegen, anstatt sich durch das Dickicht zu quälen.
Doch dann hielt sie einen Moment inne.

Irgendwo am Rande ihres Sichtfeldes hatte etwas aufgeblitzt und ihr Interesse geweckt. Sie konnte keine Lianen und Gestrüpp mehr sehen und hoffte auf irgendetwas Interessantes.
Sie war sich mittlerweile sicher, etwas gesehen zu haben, und schob sich vorsichtig durch die Pflanzenwelt darauf zu. Noch wollte sie ihren Mann nicht informieren. Er war ohnehin mit der Vernichtung der lokalen Pflanzenwelt beschäftigt.
Ohne die Machete erwies sich das Vorankommen zwar als schwierig, aber nicht unmöglich. Sie war sportlich und gelenkig und bahnte sich ihren Weg durch Ranken und Äste. Doch mit einem Mal verlor sie den Halt und den Boden unter ihren Füßen. Sie schrie, während sie in die Tiefe fiel, und hoffte, dass ihr Mann sie hören würde.
Und dann verlor sie auf einmal das Bewusstsein.

Frau Winter öffnete langsam die Augen und blickte sich um. Ihr Blick war unscharf und sie hatte überall Schmerzen. Langsam richtete sie sich auf und zählte im Stillen ihre Knochen. Frau Winter klopfte sich ab und stellte fest, dass der Schreck tiefer saß als irgendwelche Verletzungen. Irgendetwas hatte ihren Fall abgefedert und sie unversehrt gelassen. Über ihr war eine Art Kuppel, die diffuses Licht verbreitete. Sie konnte keine Öffnung erkennen, durch die sie durchgefallen war. Aber die Decke war mindestens 10 Meter hoch. Es war ein Wunder, dass sie sich nichts gebrochen hatte. Unter ihr bestand der Boden aus einer Art Metallgeflecht, das gelblich schimmerte.
Frau Winter stand auf und nutzte das Zwielicht, um sich zu orientieren. Sie befand sich in einer großen Höhle, deren Ausmaße sie nur schwer ausmachen konnte. Vor ihr in einiger Entfernung war eine Art Säule, von der ein leises Summen ausging. Da das der einzige markante Punkt war, lief sie darauf zu. Ihre Schritte waren vorsichtig und etwas wackelig. Ihr war schwindelig.

Nach ein paar Schritten hatte sie das Konstrukt erreicht, das bis zu ihrer Hüfte reichte. Licht kam zwar von überall, aber war so diffus, dass sie keine Details erkennen konnte. Die Säule wirkte aus der Nähe metallisch und war über und über mit Pflanzen bewachsen. Doch irgendwie zog sie das Ding an. Das Summen war lauter geworden und ging definitiv von dem Konstrukt aus. Sie musste sich auf ihren Tastsinn verlassen.

Sie hasste es wie die Pest, in Sachen hineinzugreifen, die sie nicht sehen konnte. Vorsichtig streckte sie die linke Hand aus und berührte das Ding. Die Säule fühlte sich an metallisch an. Dazwischen waren immer wieder Wurzeln und Blätter von Pflanzen. Zumindest hoffte sie, dass es Pflanzen waren.

„Hmm", sagte sie und wünschte sich, ihr Mann würde ihr in diesem Moment einen Rat geben. Bruno war in solchen unerwarteten Situationen immer spontaner.

Sie fuhr mit der Hand nach oben auf die Oberseite. Etwas lag hier, das sich zuerst wie Holz anfühlte, dann aber unmittelbar zu Staub zerfiel.

Angeekelt zog sie die Hand zurück.

Doch in derselben Sekunde erwachte etwas in der Säule zum Leben. Unter ihr begann der Boden leicht zu vibrieren, und das diffuse Licht wurde hell genug, um Details zu erkennen.

In Frau Winter schoss Übelkeit empor, denn was da auf der Säule unter ihren Fingern zu Staub zerfallen war, waren die Überreste einer fremdartigen Hand.

„Bäh!", rief sie angewidert. „Das ist ja ekelhaft!"

Die Hand hatte eine undefinierbare Anzahl an langen Fingern und war mit Resten einer Art Handschuh bedeckt. Als die Säule vibrierte, zerfiel auch der Rest der Hand zu Staub. Frau Winter trat einen erschreckten Schritt zurück und stolperte über etwas Geröll. Aus der Säule heraus kamen metallische Tentakel, die in ihre Richtung schossen. Die Dinger waren so schnell, dass sie nicht reagieren konnte.

Instinktiv hob sie die Arme, um sich zu schützen. Dann spürte sie einen stechenden Schmerz im linken Unterarm und verlor erneut das Bewusstsein. Dunkelheit umfing sie.

„Kovaluktor!" Die Stimme war laut, metallisch und für Frau Winters Empfinden unglaublich nervig.

Frau Winter hatte Kopfschmerzen und wusste nicht, wie lange sie ohne Bewusstsein gewesen war.

„Kovaluktor!" Die Stimme blieb hartnäckig.

Sie lag nicht auf dem Boden, sondern auf einer Art weichem Bett. Langsam richtete sie sich auf und suchte nach dem Ursprung der Stimme. Ihr fiel auf, dass sich das Lager aus dem Boden heraus geformt hatte.

Vor ihr in der Luft schwebte eine Art Konstrukt. Es erinnerte sie an einen Würfel mit zu vielen Seiten. Eines von den Dingern, die Bruno und seine Freunde benutzt hatten, als sie jünger gewesen waren. Das Ding war durchscheinend und allem Anschein nach eine Projektion. Es war so groß wie ein Kopf und änderte ständig Form und Farbe. Es schwebte abwartend vor ihr.

Einem Gefühl folgend betrachtete sie ihren Unterarm und erschrak. Ein Teil ihres Overalls war zerrissen, und sie hatte auf der Innenseite ihres linken Unterarms so etwas wie eine metallene Plakette. Sie schien mit ihrer Haut verbunden zu sein und juckte furchtbar. Das Ding schimmerte irisierend und war von seltsamen Linien durchzogen. Instinktiv kratzte sie daran herum.

„Das würde ich dir nicht empfehlen", sprach die Projektion erneut, deren Stimme auf einmal nicht mehr ganz so metallisch klang. „Kova…", begann das Ding einen weiteren Satz, aber wurde unterbrochen.

„Ich hab dich beim ersten Mal schon gehört!", herrschte Frau Winter die Projektion an. Sie ließ von der Plakette ab und wandte sich dem Ding zu.

Das Objekt war metallisch, aber hatte die durchscheinende Transparenz eines Hologramms. Frau Winter vermutete, dass es sich um eine KI handelte. Obwohl die Menschheit eingesehen hatte, dass künstliche Intelligenzen nicht der Wahrheit letzter Schluss waren, waren sie dennoch überall präsent. Mal mehr, mal weniger nützlich und aufdringlich. Das Ding hier war Frau Winters Erachtens nach auf jeden Fall nervig.

„Was willst du von mir?“, sprach sie das Ding an und zog eine Augenbraue hoch. Das seltsame Objekt wurde etwas größer und kam näher. „Großer Kovaluktor! Benenne deinen Gefechtsagenten!“, gab das schwebende Ding von sich. Der Tonfall wurde fast feierlich. Die Projektion pulsierte, fast einen Herzschlag imitierend.

Frau Winter überlegte für einen Moment, warum sie das Ding verstehen konnte. Die Frage hob sie sich für später auf.

„Gefechtsagent? Was denn für ein Gefecht?“, fragte sie verwirrt. Sie schaute sich hektisch um. Doch sie war mit dem seltsamen Ding allein in der Höhle. Von einem Kampf war hier weit und breit nichts zu sehen.

„Ich bin dein zugewiesenes Kommandokonstrukt und mit allen Befugnissen ausgerüstet, um die Basis zu ...“, begann das Ding, bevor es wieder unterbrochen wurde.

Frau Winter wedelte abweisend mit der Hand. Dann hielt sie die ausgestreckte Hand vor ihr Gesicht. „Mach mal langsamer, ich habe Kopfschmerzen. Und ich verstehe nur die Hälfte, von dem, was du da von dir gibst“, sagte Frau Winter, die sich den Kopf hielt. Sie hatte die Augen zugekniffen und kämpfte gegen eine Migräneattacke. Am liebsten wäre ihr nun eine Couch, Decke und ein Glas Tee gewesen. Stattdessen war sie in einer halb eingestürzten Höhle von „Gott weiß wem“ mehrere Lichtjahre von zuhause entfernt. Sie nahm sich vor, das Thema „Abenteuerurlaub“ zu Hause mit ihrem Mann ausgiebig, unter Einbindung eines Kataloges hübscher und sehr teurer Handtaschen, auszudiskutieren.

Sie wandte sich wieder dem seltsamen Ding zu, das erwartungsvoll vor ihr schwebte. „Was war das andere? Kovaluktor?", fragte sie mehr zu sich selbst als zu dem Ding. „Dann nenn ich dich doch einfach so ... Kova... Kovalund... Kovaluktor oder so." So ganz verstand Frau Winter nicht, was das Objekt von ihr erwartete. Sollte es doch heißen, wie es wollte.

„Ich? Nein, einen solchen Titel kann ich nicht annehmen. Bitte benenne deinen bescheidenen Sklaven!", fuhr das seltsame Ding fort.

„Sklaven?!", entfuhr es Frau Winter erbost. „Was seid ihr denn für eine Gesellschaft?"

Für die Projektion war es der erste Kontakt mit einem Menschen, und sie lernte quasi in Echtzeit. Allerdings machte es ihr Frau Winter auch nicht leicht.

„Ich bin dein ... Diener, großer Kovaluktor!" Versuchte es die Projektion erneut.

Frau Winter jedoch verlor langsam die Geduld. „Wie du zweifellos mit irgendeinem deiner Sensoren sehen kannst, bin ich eine Frau. Das Wort Kovaluktor endet auf -tor, was eine männliche Endung ist. Wenn du schon mit mir redest, dann deklinier mich wenigstens richtig!"

„Kovalukta?", fragte die Projektion vorsichtig.

„Schon besser. Klingt aber ein wenig wie ein Medikament gegen Geburtsschmerzen oder eine vilandesische Nudelsuppe", antwortete Frau Winter nicht sonderlich begeistert.

„Kovalu..." Das Ding machte eine Pause mitten im Satz und hoffte auf Hilfe, die aber von nirgendwo kam. Darauf hatten es seine Erbauer ganz und gar nicht vorbereitet.

„Kannst du mich nicht einfach beim Namen ansprechen und mich Jen nennen?", fragte Frau Winter mit fast schon versöhnlicher Stimme. Ihr Schädelbrummen ließ langsam nach, und sie konnte sich wieder auf das Wesentliche konzentrieren. Sie kratzte sich wieder am linken Arm.

„Der Titel ist fest mit der Steuerung der Basis und dem Oberbefehl verbunden. Und verzeih meine Offenheit, aber ‚Jen' klingt nun nicht sonderlich spektakulär. Daher haben die Erbauer dir den Titel des Kovaluktor verliehen", antwortete das Konstrukt naiv, aber pflichtbewusst.

Obwohl die Projektion mit Sicherheit das Sprichwort nicht kannte, bewegte sie sich auf dünnem Eis. Und zwar ausgesprochen dünnem.

„Was an meinem Namen ist denn bitte nicht spektakulär?" Frau Winters Stimme klang fast süßlich. „Du weißt doch sicher, was er bedeutet, oder?"

Die Projektion interpretierte die Stimmlage als Sympathiebekundung. Was daran lag, dass für sie Sarkasmus noch ein äußerst abstraktes Konzept war.

Ein Konzept, das es erst seit wenigen Sekunden lernte. „Ich habe nicht die geringste Ahnung, aber der Name ist der Aufgabe nicht angemessen", kam die Antwort.

Frau Winter atmete tief durch. Wenn sie der fremden Projektion nun erklären würde, dass ihr Name ursprünglich aus dem Walisischen kam, würden sie hier heute nie fertig.

Sie kratzte sich erneut an der seltsamen Metallplakette an ihrem Arm. Frau Winter war inzwischen aufgestanden und streckte sich. „Irgendwo hier muss es doch einen Ausgang geben", sagte sie laut. „Weit weg von diesem Ding und seinem Gefecht."

„Große Kovalese, ich bitte um Verzeihung!", versuchte es die Projektion, mit Zuversicht in der Stimme.

Frau Winter drehte sich wieder zu dem Ding um. „Kovalese? Das hört sich an, wie eine Hunderasse!" Frau Winter war nun endgültig der Geduldsfaden gerissen. „Du wirst mich Frau Winter nennen!", sagte sie bestimmend.

Die vermeintliche KI hatte binnen weniger Minuten die Konzepte von Sarkasmus, Niederlage und Resignation verstanden und verinnerlicht.

„Ich habe verstanden Frau Winter!“ Die Projektion verlor etwas ihres metallischen Schimmers.
Frau Winter nickte zustimmend und wollte sich weiter in der Höhle umsehen.
„Frau Kova... Winter?“, fragte die KI zögerlich.
„Was?“, antwortete Frau Winter barsch.
„Ich möchte nicht unangenehm auffallen, aber du hast mich immer noch nicht benannt. Ich bin hmm...“ Die Projektion ging in Millisekunden das gesammelte Wissen der Datenbanken der elektronischen Geräte durch, die Frau Winter mit sich herumtrug. Auf einem Gerät, das wohl eine Art primitiver Kommunikationsermöglicher war, wurde sie schließlich fündig. Die Rasse des Kovaluktors hatte ein primitives System, das sie Omni-Net nannten.
Die Projektion fand zwar den Vergleich mit dem, was Frau Winter als KI bezeichnete, herablassend, aber sie ließ sich des lieben Friedens willen darauf ein.
„Ich bin deine persönliche Künstliche Intelligenz! Auf welchen Namen soll ich hören?“ Die Projektion versuchte, möglichst freundlich zu klingen.
Frau Winter legte den Kopf ein wenig schief und betrachtete das schwebende Konstrukt.
„Du bist also eine KI?“, fragte sie vorsichtig.
„Ja, Kova... Frau Winter, das bin ich!“ Die Stimme hatte mittlerweile Emotionen in der Stimmlage, die die KI ebenfalls aus Frau Winters Geräten und dem Omni-Net extrapoliert hatte.
Frau Winter erschien das Bekenntnis zur künstlichen Intelligenz etwas wenig überzeugend, beließ es aber dabei. Dann winkte sie abweisend mit der rechten Hand. „Danke, aber ich brauche keine KI. Brunos Klo ist mir schon intelligent genug.“ Frau Winter winkte weiter ab. Sie drehte sich um und suchte nach einem Weg aus der Höhle.
Auch mit dieser Antwort hatte die KI nicht gerechnet.

Doch genau in diesem Augenblick überwog die Neugier in Frau Winter. Eigentlich war das doch genau, was sie sich auf dem fremden Planeten erhofft hatten. Sie kicherte etwas, denn ihr Mann würde sicher eifersüchtig werden, weil sie anstatt ihm diese Entdeckung gemacht hatte.

„Geschieht dir recht, Bruno", sagte sie laut. Dann drehte sie sich wieder zu dem Konstrukt um, das weiterhin abwartend in der Luft schwebte.

„Bruno?", antwortete das Konstrukt leicht enttäuscht. „Ich bestätige B... R... U..."

„Stopp!", rief Frau Winter. „Nicht du! Einer von denen ist mir schon genug. Bei zwei von der Sorte kann ich mich ja gleich in einen Sarg legen und warten, bis ich dran bin."

Wenn die KI bis hierhin nicht schon verwirrt war, stand sie gerade vor einem binären Kollaps. Sämtliche ihrer Subroutinen versuchten, die Situation zu analysieren.

Frau Winter betrachtete die KI sehr genau aus dem Augenwinkel und traf eine Entscheidung. Sie kam einen Schritt zurück und schaute die Projektion genau an. Das Objekt veränderte kontinuierlich die geometrische Form, seine Oberfläche und Farbe.

„Ich nenne dich Mercia!", sagte sie mit Bestimmung.

„Bist du sich...?", fragte die KI vorsichtig.

„Übertreib es nicht!", warf Frau Winter ein.

„M-E-R-C-I-A!" Die Bestätigung der KI klang fast ein wenig enttäuscht.

„Was ist denn nun schon wieder?", fragte Frau Winter angriffslustig. „Stimmt etwas mit dem Namen nicht?"

„Nein, nein! Der Name ist angemessen", antwortete Mercia.

Die Projektion drehte sich einmal um die eigene Achse. Eigentlich eine völlig überflüssige Bewegung, aber sie wollte Frau Winter signalisieren, dass sie verstanden hatte.

Frau Winter nestelte wieder an ihrem linken Arm herum. „Und was ist das hier?“ Frau Winter schnippte gegen die Metallplakette an ihrem linken Unterarm. Das unangenehme Kribbeln war einer Wärme gewichen. Irgendwie fühlte sich das Metall lebendig an.

Mercia hatte sich gerade mit Begriffen wie Trotzigkeit vertraut gemacht und war auch kurz davor, diese in der Praxis anzuwenden. Diese Menschen, wie sie sich laut ihrem Omni-Net nannten, hatten eindeutig zu viele Emotionen und Eigenheiten. Logik behielt aber für Mercia die Oberhand. Für jetzt.

Die KI kam näher und beleuchtete das Implantat mit einem fokussierten Lichtstrahl.

„Das ist das Artexomal, das dir die Basis implantiert hat“, antwortete Mercia pflichtbewusst.

„Arte… was? Implantiert? Ich will nichts implantiert haben!“ Frau Winter war verärgert, dass man ihr ohne Rückfrage etwas in den Arm operiert hatte. „Mach das wieder ab“, fügte sie hinzu und knibbelte mit dem Fingernagel an dem Implantat herum. „Und welche Basis überhaupt?“, forschte sie nach.

Sie sah sich erneut um, aber außer Geröll und Staub gab es hier nichts. Schon gar nicht eine Basis.

„Aber der Kovaluktor trägt das Artexomal zur Kontrolle der Basis“, sagte Mercia und bemühte sich, verwirrt zu klingen.

Mercia verstand die Konversation nicht. Einige Subroutinen verliefen in die Unendlichkeit. Hätte eine KI so etwas wie Migräne bekommen können, wären das hier die ersten Ansätze gewesen.

Frau Winter schob mit dem Fuß einige Steine auf dem Boden herum. „Wie eine echte Basis sieht das aber nicht gerade aus, findest du nicht? Und ich bin weder euer Kovaluktor, noch habe ich eine Ahnung, von welchen Gefechten du hier redest“, sagte Frau Winter, die eigentlich nur hier weg wollte. Wenn sie hier raus

war, würde sie Bruno die Höhle zeigen, er konnte ein paar Holovids aufnehmen und sich anschließend wie Magellan oder Vasco da Gama fühlen.
Die KI war verwirrt, ihre Subroutinen konnten die kausale Verkettung nicht aufbrechen.
Anscheinend hatte der Stützpunkt die Lebensform aufgrund einer Fehlfunktion als Kovaluktor identifiziert und ihr das Artexomal implantiert. Es gab allerdings in der Datenbank keine Information darüber, was zu tun war, wenn der Kovaluktor fehlidentifiziert wurde. Der Kovaluktor trug das Artexomal, genau wie das Artexomal den Kovaluktor identifizierte.
Die Basis war unfehlbar. Eigentlich.
„Wir machen das jetzt einfach, Mercia", sagte Frau Winter. „Du entnimmst mir dieses Ding hier wieder und zeigst mir den Ausgang. Und als Gegenleistung erzähle ich irgendwelchen Trotteln im Basiscamp von der Höhle hier. Dann kannst du dir einen passenden Kovasonstwas aussuchen. Da war sogar ein Typ, der wirklich scharf auf einen Konflikt mit Außerirdischen war! Hmm?", forderte Frau Winter die KI auf. „Wenn ihr es implantieren könnt, könnt ihr es auch wieder herausnehmen, oder?"
Sie hob den Arm in Richtung Mercia und die KI wich einige Zentimeter zurück. Auch das war ein Sonderfall. Einen Kovaluktor zu Ent-Kovaluktisieren, war in der Datenbank ebenfalls nicht vorgesehen. Die KI entwickelte gerade tatsächlich eine höhere Form elektronischer Migräne. Ein Kovaluktor wurde Ent-Kovaluktisiert durch Vernichtung oder Transition in eine höhere Dimension. Was wollte denn der neue Kovaluktor?
Mercia durchsuchte die Datenbanken des Omni-Net und blieb besonders beim Begriff „Trottel" stehen. Dort wurden wesentlich andere Attribute genannt, als einen Kovaluktor standardmäßig auszeichnen sollten.
„Frau Winter?", begann Mercia, die langsam Klarheit in alle offenen Fragen bringen wollte. „Was ist ein Trottel?"

„Jen? Je-en?", rief eine männliche Stimme in einiger Entfernung. Die Höhle formte aus dem Ruf ein leises Echo, das sich mehrfach fortpflanzte.
„Wenn man vom Teufel spricht, was?", kommentierte Frau Winter die wohlbekannte Stimme.
Ihr Mann hatte sie wohl endlich gefunden. Sie konnte allerdings nicht identifizieren, woher die Stimme kam. Die Höhle musste irgendwo noch einen Eingang haben, durch den man nicht durchfallen musste.
„Ich bin hier unten, Bruno!", rief sie erleichtert zurück.
Auch ihre Stimme formte ein Echo, und sie hoffte, dass es laut genug für ihren Mann war. Dann erschrak sie leicht und bedeckte den Arm mit dem Implantat mit ihrer Jacke.
„Jeeeeen?", die Stimme kam näher und hallte in der Höhle wieder.
Frau Winter wandte sich Mercia zu. „Und du, verschwinde! Wir werden das später beenden!"
„Sehr wohl, Kovaluktor", sagte Mercia mit voller Absicht. „Ich freue mich auf unseren Austausch!"
Die Projektion verschwand, bevor Frau Winter protestieren konnte.

Auf der panischen Suche nach seiner Frau war Herr Winter über einige alte Ruinen gestolpert und hatte eine Art Höhlensystem gefunden. Zu ihrer Ausrüstung gehörten Lichtquellen und Orientierungsdrohnen. Auch wenn die Signale der Ortung unscharf gewesen waren, hatten sie dennoch hier ausgeschlagen. Er verfluchte die Tatsache, nicht das „Premium Ausflugspaket" gebucht zu haben, dann hätte er wenigstens eine Nadelpistole und Beleuchtungsdrohnen gehabt.
Die Notfallmeldeeinrichtung hatte seine Frau an den Gürtel geschnallt, so dass er keine Möglichkeit gehabt hatte, um Hilfe zu rufen. Zudem hatten sich seine Männlichkeit und sein Abenteuergeist vereint, um zumindest einmal in ihrer Ehe

den Retter in der Not zu spielen. Daher hatte er den Abstieg gewagt. Er war froh, dass seine Frau ihn nicht beobachtet hatte, denn allzu gelenk hatte er sich nicht mit den Plastikseilen und selbstbohrenden Haken angestellt.

Er war schließlich auf dem Boden angekommen und auf ausgesprochen neugierige Fauna gestoßen. Die Reiseleitung hatte die Touristen davor gewarnt, dass es auf dem Planeten mit Sicherheit die eine oder andere unbekannte Lebensform geben würde, die durch die „Standardisierte Lebensformerfassung der planetar-irdischen Bioabteilung „gerutscht" war. Unter den zahlreichen elektronischen Formularen zur Einreise waren auch einige Verzichtserklärungen versteckt gewesen, für den Fall, dass einige der etwaigen Lebensformen sich als allzu „neugierig" herausstellen würden. Herr Winter, der alle Formulare ausgiebig gelesen und dennoch ignoriert hatte, wünschte sich allerdings in diesem Moment, dass sie den Begriff „neugierig" ein wenig präzisiert hätten.

Nach einer geraumen Zeit der Suche hatte ihm Jen endlich geantwortet. Doch seine aufkeimende Euphorie wurde gerade von einem dieser neugierigen Wesen unterbunden, das anscheinend durch die Erkennung gerutscht war. Er fragte sich in diesem Moment, wie genau es diese Scanner eigentlich nahmen, denn das Vieh vor ihm war mit Sicherheit über zwei Meter groß und massiv wie ein Felsbrocken.

Es war ihm in die Höhle gefolgt und blockierte den Ausgang. Das Wesen sah aus, als ob man einen terranischen Bären mit einer Kakerlake gekreuzt hätte.

Es hatte für die Größe viel zu viele Zähne und sah nicht nur ausgesprochen neugierig, sondern auch sehr hungrig aus.

Herr Winter hatte die Monomachete an seinem Gürtel befestigt und ging ohnehin davon aus, dass er mit der Klinge das Vieh nur wütender machen würde. Allerdings sah das Monster aus wie ein gewaltig überzüchtetes Insekt, daher hoffte er, dass die kleine Anti-Insekten-Spraydose an seinem Vielzweckgürtel Erfolg bringen würde.

„Schhh! Ruhig!“ Er hob die Hände und versuchte, das Wesen zu beschwichtigen. Er nahm sich vor, dass die letzte Hoffnung es mit einem Vegetarier zu tun zu haben mit ihm sterben würde.

„Hey!“, erklang die Stimme seiner Frau auf einmal hinter ihm. Und zwar äußerst laut.

„Jen!“, sagte Herr Winter, ohne den Blick von dem Wesen abzuwenden. „Du machst es nur auf dich aufmerksam. Keine gute Idee!“

„Ja DU!“, rief Frau Winter an ihrem Mann vorbei und ignorierte seine Warnung. Das Vieh streckte einige Dinge aus, die wie Augen aussahen, um die Quelle der Geräusche zu orten. Dann flog ein Stein an Herrn Winter vorbei und traf das Wesen am Kopf. Herr Winter zuckte zusammen.

Entweder hatte seine Frau einen schrägen Plan oder sie hatte den Verstand verloren. Sie wollte das Wesen klar provozieren und dessen Aufmerksamkeit auf sich lenken.

Ein weiterer Stein flog.

Herr Winter nahm sich vor, für den Fall, dass er hier lebend rauskam, ein ernstes Wort mit der Reiseleitung zu reden und ihre Definition von „einzelnen, kleineren Lebensformen“ in Frage zu stellen. Herr Winter hatte aufgegeben, Klauen und Zähne zu zählen. Zudem stank das Ding, was wohl aber das kleinste ihrer Probleme war.

„O Gott, Jen, was machst du da?“, rief er laut. Er drehte sich nicht zu seiner Frau um und rief über die Schulter.

Die Aufmerksamkeit von dem Vieh hatten sie so oder so. Ein bisschen weiterer Lärm würde hier keinen Unterschied mehr machen.

Ein dritter – überraschend großer – Felsbrocken flog und landete diesmal krachend im Maul des Wesens. Was hatte seine Frau nur vor?

„HEY!“ Frau Winter ließ nicht locker. Ihre Stimme klang fest und bestimmt.

Das Grollen des Biests hallte in der Höhle nach und reichte Herrn Winter bis in die Knochen.
Herr Winter ging nun an den Rand der Höhle. Anscheinend hatte seine Frau einen Plan, so wenig er ihn auch erkennen konnte. Das Wesen fokussierte sich auf Frau Winter und kam auf sie zu.
„Ja, genau! Ich rede mit dir. Du hässlicher Vogel!" Ihre Stimme zeigte keine Furcht, lediglich eine Spur Ungeduld. „Und jetzt lässt du gefälligst meinen Mann in Ruhe!", fügte sie bestimmend hinzu.
Herr Winter wollte protestieren. Auch wenn er sich keine Chancen gegen die Bestie ausrechnete, war da irgendwo noch sein Beschützerinstinkt. Inzwischen waren klassische Geschlechterrollen zwar nicht mehr vorhanden, aber so ganz wollte er das doch nicht auf sich sitzen lassen. Aber wenn er in den letzten 23 Jahren Ehe eines gelernt hatte, dann, in den richtigen Momenten still zu bleiben. Das war einer dieser Momente.
Das Wesen fuhr inzwischen noch ein paar mehr Krallen an Körperstellen aus, an denen eigentlich keine Krallen sitzen sollten.
Herr Winter stellte zwar seine Männlichkeit spontan in Frage, aber er wollte seine Frau auch nicht unbedingt gefressen sehen. Er nahm das Anti-Insektenspray vom Gürtel und streckte den Arm aus. „Schhhh! Ab!", sagte er mit leicht bebender Stimme. Ein dichter Nebel kam aus der Sprühflasche.
Die Wirkung blieb aber aus, es reichte nicht einmal dafür aus, den Fokus der Bestie auf sich zu ziehen. Herr Winter hingegen atmete eine beträchtliche Menge des Nebels ein und hustete.
Seine Frau kam allerdings im selben Moment äußerst gewandt ein seine Seite und ließ dabei das Monster nicht aus den Augen. Mit einem kurzen Ruck riss sie die Monomachete von Herrn Winters Gürtel. Dann spürte er einen kräftigen Klaps auf seinen Hintern, der ihn fast aus der Balance brachte.

„Warte kurz, Hase", sagte Frau Winter und sprang das Wesen mit hoch erhobener Klinge an.

An das Folgende konnte sich Herr Winter auch später nur noch spärlich erinnern.

4

Als sie wieder den Dschungel erreicht hatten, atmete Herr Winter tief durch. Seine Frau sprang unmittelbar in einen nahegelegenen See und wusch sich. So gerne er sie normalerweise beim Schwimmen beobachtete, saß in Herrn Winter immer noch der Schock. Das klare Wasser des Sees färbte sich purpurrot um seine Frau herum und einige undefinierbare Dinge schwammen auf der Oberfläche.

Herr Winter betrachtete seine Frau fassungslos. Normalerweise hätte sie sich bereits minimal übergeben. Er hatte mehrfach versucht, mit ihr zu reden, doch seit sie aus der Höhle gekommen waren, schwieg sie ihn an. Jede Frage wurde mit einem Lächeln beantwortet, das Herrn Winter einen eiskalten Schauer über den Rücken jagte.

Zurück aus dem Wasser trocknete sie sich mit einem der Handtücher aus ihrer Ausrüstung ab und nutzte die Notfallmeldeeinrichtung. Die Basis wurde informiert, dass sie schnellstmöglich abgeholt werden sollten.

Es dauerte keine Viertelstunde, bis Herr Winter das charakteristische Brummen von Shuttle-Triebwerken hörte. Obwohl er sich auf den Ausflug gefreut hatte, war er heilfroh, zurück zur Basis zu kommen.

Der Pilot öffnete wortlos das Passagierschott und seine Frau kletterte an Bord. Ihnen wurden keine Fragen gestellt. Die Reiseleiter waren es anscheinend gewohnt, dass sich die Touristen hier ständig übernahmen.

Herr Winter hatte versucht, wenigstens den Piloten in einen Smalltalk zu verwickeln, denn seine Frau schwieg weiterhin. Die ganze Situation war mehr als seltsam. Auch der Pilot hatte nicht grade seinen kommunikativsten Tag, und so lehnte sich Herr Winter zurück und döste ein paar Minuten.

Zurück in ihrer Baracke verschwand Frau Winter – weiterhin wortlos – in der Sanitäranlage.

Herr Winter hörte nur das Rauschen der Duschen, und das für die nächsten 2 Stunden. Ihm blieb nichts weiter übrig, als zu warten. Mehr konnte er nicht tun. Dann nickte er auf der Couch ein. Er träumte von Meeresplaneten, kalten Drinks und Insektenspray.

Irgendwann weckten ihn Geräusche auf. Herr Winter richtete sich mühsam auf und wischte sich den Schlaf aus den Augen. Er hatte keine Ahnung, wie lange er geschlafen hatte.

Seine Frau, in frischer Kleidung und wohlriechend wie immer, stand an ihrem Bett und verstaute ihr Gepäck. Sein Koffer lag daneben und war demonstrativ geöffnet. Ein sehr eindeutiges Zeichen für Herrn Winter, dass dieser Urlaub vorzeitig beendet war. Ihn hätte alles andere massiv überrascht.

Seine Neugier machte ihn fast wahnsinnig. Aber er kannte seine Frau gut genug: Entweder würde sie von sich aus erzählen, was vorgefallen war, oder niemals. Der Langliner würde zwar erst wieder in einigen Tagen den Rückflug zum Sol-System antreten, aber die Schiffe boten alle Annehmlichkeiten, die man sich vorstellen konnte. Zudem waren sie zumeist frei von Monstern und unterirdischen Höhlen. Er ahnte trotz der Stille im Raum, dass das genau ihr Ziel war. Fernab von Dschungeln und überzüchteten Bären-Kakerlaken.

Wortlos nahm Heer Winter seine Kleidung aus der Ablage und packte ebenfalls. Er war lange genug mit seiner Frau zusammen, um zu wissen, dass sie von sich aus die Schweigephase beenden würde. Wieder und wieder ging er die letzten Stunden vor seinem geistigen Auge durch und hoffte, dass er keinen Fehler gemacht hatte. Mehr als das eigentliche Urlaubsziel konnte sie ihm nicht ankreiden, und in die Höhle war sie von selbst gefallen.

Herr Winters Blick fiel auf den RF22-Laser, der immer noch äußerst provokativ in der Ecke lag. Platz hatte er im Koffer genug.

Ein gezischtes „Tss!“, holte ihn zurück auf den Boden der Tatsachen und erinnerte ihn daran, dass seine Frau zwar schwieg, aber geistig völlig präsent war.

Der Weg zum Shuttle verlief ereignislos. Sie meldeten sich beim Reiseführer ab und ließen einige Drohnen ihr Gepäck verstauen.

Fragen wurden ihnen keine weiteren gestellt. Der Urlaub war äußerst kostspielig und sie als Gäste konnten bleiben oder gehen, wie es ihnen beliebte.

Herr Winter war enttäuscht. Er hatte sich das Ganze wesentlich spektakulärer und vor allem länger vorgestellt.

Gerade hob das Transportshuttle mit leichten Vibrationen ab. Herr Winter konnte sehen, dass sie nicht die einzigen Gäste waren, deren Urlaub ein vorzeitiges Ende genommen hatte. Arkturus 3 würde sich auch in Zukunft wohl eher nicht zu einem Hotspot entwickeln.

Seine Frau saß weiterhin schweigend neben ihm. Dann spürte er, wie sie sich an ihn schmiegte und den Kopf auf seine Schulter legte.

Herr Winter atmete tief durch und strich durch das Haar seiner Frau. Was auch immer da unten vorgefallen war, es war vorbei.

Er schloss einen Moment die Augen und döste so lange, bis das Shuttle in die Beiboot-Hallen des Langliners flog. Ihre Ausrüstung wurde automatisch entladen und zurück zu ihrer Kabine transportiert. Vor der kleinen Reisegruppe hatte sich allerdings ein TSA-Mitarbeiter aufgebaut, der die Winters mit einem mittelgroßen Fragenkatalog konfrontierte.

„Ähm, nein?“, sagte Herr Winter, vor dessen geistigem Auge diverse Bilder spontan erschienen. Bilder von Bestien, Macheten und Höhlen.

Der Sicherheitsbeamte vor ihnen trug die Uniform der TSA. Der Terranischen Standard Armee. Ein kreativerer Name war den Gründern damals nicht eingefallen. Aber so wie ihr Name war auch der Rest an der TSA zweckmäßig. So viel wusste Herr Winter. Die Uniform sah unspektakulär und formell aus. Grau in

Grau mit grauen Abzeichen. Selbst der Hautton des Soldaten erschien gräulich. Doch Herr Winter wusste, dass die Uniform voller technischer Spielereien, Waffen und Verteidigungsmechanismen war. Die TSA waren Standard in allen Langlinern, obwohl sie eine militärische Einheit waren. Das interstellare Reisen war theoretisch sicher.

Doch hin und wieder gab es Raumpiraten und andere Verbrecher. Raumtouristen hatten sich an den Anblick von Militär bei ihren Vergnügungsreisen gewöhnen müssen.

Herr Winter hatte eine Holodoku über die Einheiten gesehen. Er versuchte mit aller Willenskraft, die Bilder in seinem Kopf zu unterdrücken. Er war sich zwar sicher, dass die Uniform keine Telepathie ermöglichte, aber man konnte nie wissen.

Der Beamte sah ihn mit emotionslosem Gesicht an. Das Prozedere war Standard bei der Rückkehr von einem Exoplaneten. Sie wollten sichergehen, dass man keine unerlaubten Artefakte oder anderen Ärger mit an Bord brachte.

„Sie sind also auf der Oberfläche nicht auf Außerirdische, außerirdische Artefakte oder sonstige ungewöhnliche Dinge gestoßen?“, wiederholte er die Frage.

Herr Winter verzog verärgert das Gesicht. Er mochte es nicht, sich wiederholen zu müssen.

„Hören Sie“, antwortete er etwas barsch, „das habe ich Ihnen doch schon beim ersten Mal erzählt. Meine Frau und ich haben an einem Ausflug in den unerschlossenen Dschungel teilgenommen. Weil dort außer Dreck und Steinen nichts zu sehen war, sind wir ein wenig spazieren gegangen. Dort hat sich meine Frau auf einem unbefestigten Weg den Knöchel umgeknickt.“ Er zeigte auf seine Frau, die mit leidendem Gesicht und verstelltem Fuß neben ihm stand und sich auf seine Schulter stützte. „Dann haben wir entschieden, die Reise

abzubrechen“, fuhr er fort, während er mit einer Hand aufmunternd die Schulter seiner Frau streichelte.
Der Beamte hörte ihm zu, und Herr Winter vermutetet, dass die Audioaufzeichnungen dieses Gespräches von einer KI auf ihre Plausibilität berechnet wurde.
„Aha“, antwortete der Beamte und schaute einen Moment auf Frau Winters Fuß. Herr Winter atmete tief durch und nahm eine gestreckte Haltung ein. „Hören Sie. Ich weiß nicht, nach was Sie hier suchen. Wir haben keine Artefakte gesehen oder irgendetwas von hier entwendet.
Wir haben uns auf einen Abenteuerurlaub abseits der Standardtouristik gefreut und haben stattdessen nur Dreck und Dschungel gesehen. Wir wollen nur hier weg.“ Er versuchte, so höflich wie möglich zu klingen.
„Vollkommener Scheißplanet!“, rief hinter ihm ein Wartender. „Beeilt euch mal, ich brauche Alkohol!“
Der Beamte nickte Herrn Winter und seiner Frau zu. „Vielen Dank. Angenehme Rückreise“, sagte er und deutete auf den Ausgang. Der Beamte musterte ihr angeblich verletztes Bein beim Vorbeigehen.
Frau Winter bemerkte den Blick und winkte mit der freien Hand ab. „Halb so schlimm! Nichts, was ein guter Drink und eine Mütze voll Schlaf nicht wieder hinbekommen!“, sagte sie mit bemüht gequälter Stimme.
„Alkohol!“, rief die ungeduldige Stimme in der Warteschlange.
Der TSA-Beamte atmete durch und wandte sich dem nächsten Reisenden zu.

Herr Winter konnte nur hoffen, dass der Rest der Reise nun ohne weitere Zwischenfälle verlief. Es war das erste Mal seit der seltsamen Reise auf den Kasinoplaneten Kamoni, dass er sich auf zuhause freute. Damals hatte er eine Menge Pseudocoin verloren und festgestellt, dass er wohl ein

Glücksspielproblem hatte. Seine Frau hatte ihn unter Androhung einer Scheidung zurück zur Erde geschleift und ihm eine Therapie verpasst.

Doch das hier fühlte sich anders an, obwohl ihm auch irgendwo nach Therapie zumute war.

5

Erkwundinger der Lopotomer war der Kommandant der Raumflotte Gwenrendonk.

Er war ein Kommando-Ploon und stand in der Hierarchie der Suppe irgendwo in der Mitte. Sein zentraler Augenring bewegte sich aufmerksam und nahm Gefechtswerte, Truppenmoral und Beschleunigungswerte auf, die seine Projektoren in die Mitte der Kommandozentrale spiegelten. Einer seiner Versorgungsrüssel steckte in einem Topf Nährlösung, die er beiläufig aussaugte.

Die Zentrale seines Flaggschiffs war nur spärlich erleuchtet. Ihre optischen Organe waren nur von zweitrangiger Bedeutung für die Ploon. Sie setzten mehr auf ihre 8 anderen Sinne.

Das Schiff war nach aktuellem Design der Kriegsinnenarchitekten von Ploon eingerichtet. Zweckmäßig, kantig, aber dennoch geschmackvoll. Überall standen Geruchsvernebler, die der Atmosphäre einen Unterton von Erbrochenem gaben. Der Geruch hatte sich bei Experimenten positiv auf die Moral und Zielgenauigkeit ausgewirkt.

Erkwundinger hatte zudem darauf bestanden, in jeder Kommandozentrale seiner Flotte mindestens drei Mitglieder der Ausscheider zu haben. Ausscheider waren besondere Ploon, deren unteren Körper man amputiert und durch eine mobile Gefechtslatrine ersetzt hatte. Sie waren überall einsatzfähig und schafften Erleichterung, wenn ein Ploon aufgrund seiner Pflichten sich nicht anderweitig helfen konnte. Ausscheider waren immens vorteilhaft für die Truppenmoral.

Überhaupt scherten sich die Ploon wenig um die Integrität ihrer eigenen Körper und modifizierten sie nach Bedarf und Laune. Die, die sich das Recht verdient hatten, als Vorgeglommerte zurück in die Ursuppe kehren zu dürfen, verloren

ohnehin alle Modifikationen. Die Ursuppe war der Quell des Volkes der Ploon. Sie existierte in einer fernen Dunkelwolke, weit abseits der hellen Sonnen.
Das Heimatsystem der Ploon war Sopa Sekundus. Es bestand aus einem Konglomerat unzähliger Gesteinsbrocken, deren Gravitation und ein Zufall an wirklich ausgefallenen physikalischen Gesetzen eine gewaltige Kugel aus Ploon formten.
Die Ursuppe!
Sie war der Anfang und das Ende jeder ploonschen Existenz. Auf den Asteroiden und kleinen Welten um und in der Suppe hatten die Ploon Flottenfabriken und sonstige Technologie entwickelt. Nach dem letzten Krieg mit den Erbauern war die Suppe auf ein Drittel ihrer ursprünglichen Größe geschrumpft und verbrachte eine Ewigkeit in der Dunkelheit.

Erkwundinger hatte mittlerweile die Nährlösung ausgetrunken und wandte sich den Flottenstatistiken zu. Es war eine große Ehre, als Lopotomer eine Flotte anführen zu können. Normalerweise musste man dafür mindestens 5-fach geglommert sein. Die ursprüngliche Suppe war jedoch von Ressourcenknappheit geplagt. Die Tätigkeiten der Altwidersacher der Suppe waren auch erst für einen kurzen Zeitraum erfasst worden.
Die Flotte arbeitete mit hervorragender Leistung. Und das trotz des nur eingeschränkten Kriegsmaterials. Erkwundinger hatte weder eine Garnison Blorkender an Bord seiner Landungsschiffe, noch hatten die Rüstungsschmieden genügend Zeit gehabt, um weitere Schlachtschiffe zu produzieren. Immerhin hatte er einen wucherbaren Exekutor.
Der Auftrag der Rubanbatoren war klar: Schlag schnell und heftig mit dem zu, was du hast.
So hatte man ihm eine Flotte von der Größe eines Gewummers gegeben. Sein Weg würde ihn so oder so zurück und die Suppe der Ewigkeit bringen. Nur hatte

er nun die Gelegenheit, sich und seine Truppen über den Trichter der Ehre zurückzuführen. Sein Ziel war ein Planet der Kategorie 18.
Tödliche Gase, primitive Lebensformen und unwesentliche Technologien. Ziel der Mission war die Glasur der Oberfläche. Jegliche Spuren der alten Feinde mussten vernichtet werden.
Die Ploon hatten zahlreiche Energiesignaturen geortet, die die Rückkehr der alten Feinde zeigten. Die Ursuppe hatte lange im Zwielicht gesimmert, aber die alten Feinde waren eine Gefahr für die oberste Ordnung.
Erkwundinger war vor wenigen Zyklen aus der Suppe extrahiert worden. Er besaß die Erfahrungen vierer Generationen und war damit vierfach geglommert. Er selbst war auf der Brücke des primären Angriffsschiffes. Er hatte Bodentruppen und genügend Waffen an Bord, um ein halbes Sonnensystem zu pulverisieren. Und er hatte die volle Absicht, von jedem einzelnen Vernichtungswerkzeug Gebrauch zu machen.
Eines dieser Vernichtungswerkzeuge auf Sub Level 77b bereitete ihm aktuell aber Probleme. Einer der 78 Partikelprojektoren arbeitete mit nur 99,998 % Effizienz.
Da die Reise in das Zielsystem noch weitere 67 Zyklen in Anspruch nehmen würde, wollte er die Waffensysteme selbst überprüfen.
Bevor er den Weg in die Glasier-Ebene antrat, informierte sich Erkwundinger ausführlich über das betreffende System. Verantwortlich für den Partikelprojektor 3345c war Vuul, ein zweifach Geglommerter. Es schüttelte Erkwundinger mit Abscheu, dass ein solch niedriger Offizier ein so unglaublich wichtiges System betreute. Vuul hatte eine Mannschaft von 80 Ingenieuren, Kalibrierungsspezialisten und Mätressen, die für einen reibungslosen Einsatz der Waffe sorgen sollten. Er entschied sich dazu, eine Einheit Metapürierer aufzuwecken und mit in die Abteilung zu nehmen. Sie würden das unfähige

Personal notfalls vor Ort entsorgen und dem Nährstoffsystem des Schiffes zurückführen. Die Ursuppe verschwendete nichts!

Er erhob sich aus seinem Kommandosessel, senkte seine drei Pseudogliedmaßen ab und womberte in Richtung Transportsystem.

Dann hielt er inne und ließ die Bordsysteme eine persönliche Kampfpanzerung anlegen. Sie schützte den Kommandanten vor eventuellen Widerworten, falls seine Metapürierer zu langsam reagieren würden.

Die Panzerung legte sich wie eine zweite Haut auf das gelbliche Fell Erkwundingers. Das Material war durchsichtig und betonte seinen intensiven Farbton. Er vertraute auf das Pflichtbewusstsein von Vuul, aber einem Sub-sub-sub-Systemkommandanten, der eine Vor-Gefechts Abweichung von 0.002 % bei einem tertiären Waffensystem zuließ, war alles zuzutrauen!

6

„Ich verstehe nicht, warum ich überhaupt eine Sprache lernen soll!“ Das Mädchen kaute bei der Beschwerde mit halbem Kiefer auf einem paar Haare herum, die sie nach aktuellem Trend fluoreszierend gefärbt hatte. Die Haare passten zum Rest des knallbunten Outfits.

„Wir haben Übersetzungscomputer, und wenn ich will, setzte ich mir ohnehin einen Chip ein“, fuhr sie fort, während sie mit einer Hand lustlos auf ihrem Holopad herumwischte.

„Als ob extra Elektronik deinem begrenzten Intellekt einen Schub verpassen würde. Das Ding würde nach der ersten Analyse deiner Gehirnwellen elektronischen Selbstmord begehen und dich hoffentlich gleich mit braten!“, dachte Frau Winter und hielt sich schnell eine Hand vor den Mund. Sie erschrak für eine Millisekunde, aber bemerkte dann, dass sie den Gedanken nicht ausgesprochen hatte. Eigentlich hegte sie nie solche Gedanken, aber nach den Ereignissen auf dem fremden Planeten fühlte sie gelegentlich Schübe von unbekannten Emotionen.

Auch wenn im 20. Jahrhundert künstliche Intelligenzen vielfach den Job von Menschen übernommen hatten, so hatte es sich herausgestellt, dass Lehrer einfach nicht durch Maschinen zu ersetzen waren. Kein Computer hatte das Gespür für Unwahrheiten, Ausreden und Ausflüchte wie ein echter Lehrer aus Fleisch und Blut. Sicher gab es elektronische Unterstützung für Schüler. Aber Eltern, die das Bildungssystem ernst nahmen, setzten auf harte Pseudocoin und echte Lehrer.

Frau Winter liebte ihren Job, auch wenn sie gelegentlich mit Charakteren wie Milliped konfrontiert war.

Frau Winter war nach ihrer Heimkehr fast umgehend zu ihrem Job zurückgekehrt. Die Geschehnisse auf Arkturus 3 verdrängte sie, genauso wie das

Implantat in ihrem Unterarm. Noch hatte sie es vor ihrem Mann geheimhalten können. Sie fragte sich nur wie lange noch.

„Milliped, wir lernen das, weil es auf dem Plan steht“, formulierte sie eine möglichst diplomatische Antwort, so elegant und neutral wie möglich. Sie fügte sogar ein Lächeln hinzu. Das wiederum war allerdings so eiskalt, das Milliped die angekaute Haarlocke samt einer beträchtlichen Menge Speichel aus dem Mundwinkel fiel.

Frau Winter kratzte sich am Unterarm, dort, wo die seltsame Metallplakette leicht vibrierte. Sie hatte eine dünne, aber undurchsichtige Jacke, die das Ding verdeckte. Noch überlegte sie, wo sie einen Arzt finden konnte, der ihr das Implantat ohne großes Tamtam aus dem Fleisch schneiden würde.

Auf einmal erklang Mercias Stimme in Frau Winters Kopf.

„Große Kovafrau ... Winter“, begann die KI. „Deine Cortisol-Level sind gesteigert und Subroutinen deines Unterbewussten erzeugen äußerst bildliche Fantasien mit dem Objekt, das du grade als Milliped bezeichnet hast.“

Mercia hatte sich ausgiebig mit menschlicher Anatomie beschäftigt. Die KI hatte festgestellt, dass Menschen nicht nur 4 überflüssige Organe hatten, sondern ihnen auch noch mindestens 3 Sinne fehlten. Es war Mercia ein Rätsel, wie eine halbwegs intelligente Rasse auf Subraumsensoren und Blöregelapparate verzichten konnte.

Frau Winter war darauf nicht vorbereitet. Sie versuchte, sich den Schock nicht anmerken zu lassen, und drehte den Kopf in Richtung Projektionsfläche. Mercia war seit der Abreise von Arkturus 3 nicht wieder erschienen, und Frau Winter hatte gehofft, die KI in der Höhle zurückgelassen zu haben. Frau Winter war leicht geschockt, die Stimme zu hören. Zudem hörte sich Mercia weniger mechanisch an. Mehr als ein unterdrücktes „Hmpf“ brachte sie dennoch nicht heraus.

„Möchtest du, dass ich deine Stresshormonlevel mit ein paar Drogen ausgleiche?“, fuhr die KI unbekümmert fort. „Ich habe noch einige andere Hormonlevel gefunden, die sich in kritischen Parametern bewegen.“

„Hhmppf!“ Frau Winter bemühte sich sehr, es wie ein Husten klingen zu lassen. Glücklicherweise waren ihre Schüler gerade damit beschäftigt, sich die neusten Trendholos auf „xBe-Klo-PPTx“ anzusehen.

Anscheinend war es mal wieder in Mode gekommen, große Mengen an verschiedenen Reinigungsmitteln in einem Glas zu mischen, zu trinken und zu hoffen, dass die eigenen Eltern genug Geld in Erste-Hilfe-Drohnen im Haus investiert hatten.

Die kichernden Jugendlichen bekamen von der stillen Zwiesprache nichts mit. Milliped hatte bereits – wie ein gefärbter Goldfisch – nach wenigen Sekunden das Interesse an ihrer Lehrerin verloren und konzentrierte sich auf ihre künstlichen Fingernägel.

Mercia fuhr still und hilfsbereit fort: „Ansonsten hat das Artexomal noch zwei volle Ladungen eines Desintegrators. Meine Analyse zeigt, dass der effektivste Einsatz direkt durch das Herz dieses Millipeds wäre. Die Deaktvierungszeit dürfte aufgrund der Physiologie des Objekts bei circa 23 eurer sogenannten Sekunden liegen. Der Desintegrator hat eine Reichweite von zwei irdischen Metern. Wenn du bitte das Artexomal so ausrichten könntest, dass ich ...“

„Mmciam!“, brachte Frau Winter mühsam zwischen den Zähnen heraus.

Die KI verstand und blieb still.

Der Klang der Pausenklingel erlöste nicht nur Frau Winter. Sie warf Milliped noch einen vernichtenden Blick zu und Sekunden später war sie allein im Raum. Ihre Schüler hatten ihn fluchtartiger als sonst verlassen. Lediglich eine halb angekaute Haarlocke blieb zurück.

Frau Winter nutzte ihren Digipen, um die Haare in den nächsten Abfalleimer zu befördern. Nun hatte sie endlich Gelegenheit, sich mit den Geschehnissen der letzten Tage zu beschäftigten. Sie liebte ihren Mann, doch der ging ihr offensichtlich aus dem Weg und hoffte wohl, dass sich die ganze Chose von allein erledigen würde. Frau Winter krempelte den Ärmel hoch und kratzte sich an dem Metallding in ihrem Arm.

„Artexomal" hatte es Mercia mehrfach genannt. Und es schien nicht nur wichtig zu sein, sondern konnte auch als Waffe verwendet werden.

Es war das erste Mal, dass sie mit etwas so Gefährlichem wie einem Desintegrator konfrontiert war. Sie begann damit, ihre Gefühle zu erforschen, und war in erster Linie wütend.

„MERCIA!", rief sie in den Raum.

Sich der Schwere der Situation nicht bewusst, antwortete die KI pflichtbewusst. Vor ihren Augen erschien die Projektion einer fließenden geometrischen Form. Mercia schimmerte metallisch und konnte anscheinend Form und Oberfläche nach Bedarf anpassen.

„Frau Winter? Was ist dein Begehren? Deine Hormonlevel ..." Weiter kam Mercia auch nicht. Auch wenn die KI das Omni-Net nach allen möglichen Informationen zu Menschen, deren Gebräuchen und Gepflogenheiten durchsucht hatte, gab es in ihrem Wissensschatz noch so einige Grauzonen.

„Wage es ja nicht, mich nochmal auf meine Hormone anzusprechen, verstanden?" Frau Winters Tonfall ließ keine Diskussion zu.

„Wie du wünschst." Die KI klang ein wenig eingeschnappt. Sie hatte nur versucht, hilfreich zu sein. Die Oberfläche der Projektion wurde grau und stumpf.

„Was war das in der Höhle, Mercia?" Frau Winter war langsam bereit, sich der Realität zu stellen. Während sie sprach, richtete Frau Winter ihren Arm mit dem Implantat in den Raum und eliminierte im Geiste unangenehme Zwischenrufe.

„Auf dem Planeten, den ihr Arkturus 3 nennt, hatte ich einige Gefechtsdrogen in deinen Blutkreislauf eingespeist, damit du den Fremaran bezwingen konntest.

Deine aktuelle physische Inkarnation ist ein wenig mickrig für physikalischen Kampf." Mercias Antwort war ebenso ehrlich wie gefährlich.

„Mickrig?" Frau Winter fühlte sich alles andere als mickrig. Sie richtete sich auf und spannte ein paar Muskeln an. Dann hielt sie inne und schnellte in Richtung der Projektion.

Mercia wich einen halben Meter zurück.

„Warte ... Was? Drogen? Spinnst du? Hat das alles bei euch immer mit Drogen zu tun? Was ist, wenn die mich testen? Dann bin ich meinen Job los!" Nervös strich sie sich über den linken Unterarm. „Und was zum Henker ist ein Fremaran?" Sie drehte sich um und kniff die Augen zusammen.

Mercia bedachte nicht, dass von den Fragen diese die Unwichtigste war, und antwortete pflichtbewusst. „Ein Fremaran ist eine carnivorische Lebensform, die hauptsächlich auf der Plattformwelt Alvaluxon vorkommt. Ein Fremaran pflanzt sich durch ...", begann Mercia eine Erklärung.

„Glaubst du ernsthaft, mich interessiert das Sexleben dieses Viechs, wenn du mich unter Drogen gesetzt hast?" Frau Winter überlegte für einen Moment, ob man eine KI würgen konnte.

Mercia war mit dem Begriff der rhetorischen Frage nicht vertraut und antwortete wahrheitsgemäß. „Na ja, du hast gefragt. Und bezüglich der Gefechtsdrogen. Ich habe analysiert, dass die Spektrometer deiner Spezies der Klasse 33 entsprechen. Die eingesetzten Drogen waren einfache Wüterich-Essenzen, die eure Technologien nicht erkennen können."

„Na, da bin ich aber beruhigt", sagte Frau Winter mit einem sarkastischen Unterton.

Sie war zwar alles andere als beruhigt, gab sich aber mit der Antwort zufrieden. Ihr einziger Kontakt mit Drogen war vor vielen Jahren im Studium gewesen, als sie aus purer Neugier an einem elektronischen Joint gezogen hatte. Nachdem sie

daraufhin 3 Brathähnchen und eine halbe Pizza vertilgt hatte, hatte sie den Rest der Nacht im Krankenhaus an einem Medi-Bot verbracht.
Sie entschloss sich, weitere Erklärungen auf später zu verschieben. Noch ergab nichts Sinn, was diese KI von sich gab. Frau Winter überlegte, wann und wie sie ihren Mann einspannen konnte. Dann trat ihr aber wieder der Kampf gegen dieses Frema-Dingens vor ihr geistiges Auge.
Sie hatte mit ihrem Mann noch nicht darüber geredet, und sie war sich sicher, dass er zumindest dezent verwirrt sein musste.

Nachdem die letzte Stunde für sie auch die letzte des Tages gewesen war, konnte sie nach Hause gehen. Es gab zahlreiche komfortable Transportmittel in ihrer Stadt. Da sie ihre Ruhe wollte, entschied sich Frau Winter für ein Edison-Shuttle. Eine kleine, aber sehr komfortable Maschine, die auf Schwebefeldern und ohne Piloten schnell und sicher ihre Passagiere beförderte. Die Nachrichten hatten angekündigt, dass eine Bewässerung der Vegetation notwendig war und die Terraformanlagen heute das Gebiet mit Regenwolken bedecken würden.
Der Regen prasselte leicht gegen die Plastikscheiben der Passagierkabine und ließ Frau Winter ein wenig einnicken. 20 Minuten später war sie angekommen und verließ das Fahrzeug, das sich genauso geräuschlos wie es gekommen war, wieder in den Verkehr eingliederte.
Frau Winter war froh, zuhause zu sein. Sie atmete tief durch und warf ihren Mantel auf einen Bügel. Hinter ihr schloss sich die Tür ihres Heimes, und ein freundlicher Glockenton zeigte an, dass nun auch die Alarmanlage aktiv war. Irgendwie war ihr aktuell jedes Bisschen zusätzlicher Sicherheit recht.
Als sie in die Küche kam, winkte ihr Mann ihr fröhlich zu. Vor ihm war eine Schale Frühstücksflocken, die er voller Enthusiasmus in sich hineinschaufelte. Zorn stieg in ihr auf.

„Sag mal, wie viel von dem Zeug willst du denn noch futtern?“, herrschte sie ihn an. Ihr Tag war heute schon sehr suboptimal verlaufen. Einen Ehemann, der sich entweder den Rest des Abends übergeben oder über Magenschmerzen klagen würde, konnte sie heute wirklich nicht gebrauchen.
Herr Winter hielt inne und senkte den Löffel. Dann drehte er den Kopf zu seiner Frau und versuchte, so neutral wie möglich zu schauen. Er selbst war erst seit einigen Minuten zuhause und hatte sich gerade eine kleine Schale zubereitet. Seine Frau hatte sich seit ihrer Rückkehr vom Dschungelplaneten immer mal wieder etwas seltsam verhalten, aber bislang hatte sie ihn wenigstens beim Essen in Ruhe gelassen.
„Hallo, Jen, schön, dich zu sehen!“ Er ignoriere ihre seltsame Kritik und fokussierte sich wieder auf die Schüssel.
„Lenk nicht vom Thema ab, Bruno!“, herrschte sie ihn an. „Du weißt, was passiert, wenn du zu viel von diesem künstlichen Mist futterst!“
Herr Winter schob die Schale ein wenig von sich weg. Sein Gesicht sprach Bände. Er verstand nicht, worum es grade ging.
„Frau Winter?“ Mercias Stimme erklang in Frau Winters Kopf.
„Jetzt nicht!“, antwortete sie laut.
Herr Winter zuckte leicht zusammen. Er war nun vollends verwirrt. „Was jetzt nicht?“
„Nicht du!“, sagte seine Frau mit genervtem Unterton.
„Wenn nicht ich, dann wer?“, fragte er und sah sich hektisch im Raum um. Er war allein gewesen und seine Frau hatte keinen Besucher mitgebracht.
„Frau Winter?“ Mercias Stimme in ihrem Kopf blieb hartnäckig.
„WAS?“, platzte sie heraus.
Herr Winter hatte nun vollständig den Faden verloren und schwankte irgendwie zwischen einem Whiskey und Flucht. Er klammerte sich an dem Löffel fest und

war bereit, ihn zu benutzen, nur für den Fall, dass sich die Geschehnisse in der Höhle auf dem Dschungelplaneten wiederholen sollten.
„Frau Winter, durch die Aktivierung der Basis-Alvaluxon wurde auch ein Gwundelpartikelfeld aktiviert“, erklärte Mercia im Stillen.
„Ein was?“, sprach Frau Winter laut aus.
Herr Winter war langsam aber sicher davon überzeugt, dass seine Frau den Verstand verlor. „Was?“, mehr bekam er gerade nicht raus.
„Ich erkläre dir das später“, sagte Frau Winter und blickte ihn kurz an, nur um darauf wieder die leere Wand zu fixieren.
„Frau Winter, du musst die Konversation nur denken, nicht aussprechen, damit du den Primaten nicht verwirrst“, sagte Mercia weiterhin in Frau Winters Kopf.
„Was ist ein Gwundelpartikelfeld und warum ist es gerade relevant?“, dachte Frau Winter. Ihr war etwas peinlich, dass ihr Mann diese Konversation so mitbekommen hatte. Dann fiel Ihr Blick wieder auf Herrn Winter der, leicht zitternd, den Löffel auf seine Frau richtete.
„Bruno, du frisst zu viel von dem Zeug!“, herrschte sie ihn erneut an.
Herr Winter ließ leise den Löffel sinken. Irgendwo in seinem Hinterkopf hatte er das Gefühl, schon mehrfach wegen seines Cerealien-Konsums gerügt worden zu sein. Ihm dämmerte, dass irgendwas ganz und gar nicht stimmte.
„Weißt du was, Schatz?“, begann Herr Winter, der vorsichtig aufstand und rückwärts in Richtung Tür lief. „Ich habe die Milch vergessen.“ Den Löffel hielt er wie eine Waffe vor sich.
Doch seine Frau nahm keine Notiz von ihm, sondern wirkte irgendwie abwesend. Sie starrte wieder eine der Küchenwände an und gestikulierte.
Herr Winter überlegte, wo er hier und heute an einen Exorzisten kommen würde. Die Kirche und der Neovatikan hatten in den letzten Jahren einen regelrechten Boom erlebt. Die Raumfahrt stellte mit einigen Leuten seltsame Dinge an, die man sich vielerorts nicht erklären konnte. Einige kommerzielle

interstellare Raumschiffe hatten sogar dauerhaft Universalpriester an Bord, die sich jederzeit allen religiösen und ethischen Herausforderungen annehmen konnten.
Herr Winter wünschte sich genau in diesem Moment etwas spirituellen Rat und einen handfesten Exorzismus.
Vorsichtig nahm er eine Jacke und verließ das Apartment, ohne seine Frau auch nur für eine Sekunde aus den Augen zu lassen. Etwas in ihm hoffte, dass der Spuk später einfach von allein verschwinden würde.

„MERCIA!“, rief Frau Winter in den Raum, merklich aufgebracht.
Fast in derselben Sekunde erschien die Projektion der KI.
Hektisch sah sich Frau Winter um und bemerkte dann, dass ihr Mann die Wohnung verlassen hatte. Sie atmete tief durch.
„Frau Winter, wünschst du einige Drogen zur Beruhigung?“, fragte Mercia mit möglichst freundlicher Stimme.
In diesem Moment war Frau Winter fast danach, einfach „Ja!“ zu sagen und zu hoffen, dass das alles nur ein böser Traum war.
„Nein, Mercia! Streich am besten Drogen aus deiner Datenbank. Aber erklär mir bitte, warum ich meinen Mann gerade doppelt und dreifach angeschnauzt habe. Und warum er 10 Schalen von diesen Frühstücksdingern essen konnte, ohne sich zu übergeben?“ Frau Winter stellte die Schale mit den Frühstücksflocken beiläufig in die Spülmaschine. All dieser Trubel war noch lange kein Grund, die Küche in diesem Zustand zu hinterlassen. Sie nahm sich vor, später ihren Mann darauf anzusprechen. Egal, was hier vor sich ging, aber es war kein Grund für Unordnung in der Küche.
„Die Antwort ist ‚Gwundelpartikel‘, Frau Winter“, antwortete Mercia pflichtgemäß. Die Projektion schwebte nun mitten in der Küche und verbreitete ein starkes Leuchten.

„Gwundelwas?“, fragte Frau Winter, die schon wieder nahe daran war, den Faden zu verlieren.

„Gwundelpartikel haben Einfluss auf den Fluss temporaler Ströme und können die Wahrnehmung und Effekte von Zeiten ...“, begann Mercia die ausführliche Ausführung und wurde von einem Wedeln Frau Winters gestoppt.

„Mercia ... bitte in einer Sprache, die ich verstehe.“ Ihre Stimme klang fast schon flehend.

Mercia projizierte einige Hologramme in den Raum, die ähnlich wie ein Film aussahen, den man vor- und zurückspulte.

„Zeitwaffen, wie Gwundelpartikelprojektorkanonen sind zentraler Bestandteil unseres Anti-Ploon-Arsenals. Die Aktivierung der Felder stellt sicher, dass keine Ploon getarnt oder farmentowiert in der Nähe sind.“

„Ihr habt Zeitwaffen?“, kommentierte Frau Winter. Es war mehr eine Feststellung, denn eine Frage. Sie hatte von Kriegen nur Ahnung aus Geschichtsbüchern. Aber von Zeitwaffen hatte sie noch nie gehört.

„Wir haben Zeitwaffen!“, antwortete Mercia und hätte Frau Winter zugezwinkert, wenn die Projektion hätte zwinkern können. Für die KI waren Gwundelpartikel kein großes Ding. Sie fragte sich, was der Kovaluktor erst zu den richtig gefährlichen Waffen sagen würde, die die Erbauer in petto hatten.

„Ja, das Arsenal der Erbauer verfügt über Zeitwaffen. Deren Strahlung in der Basis hatte wohl einen Einfluss auf dich und deinen Partner“, fuhr Mercia fort. „Daher hast du ihn auch gerade in mehreren Versionen gesehen, da du dich durch den 9-dimensionalen Raum bewegt hast.“

Mercia vermutete insgeheim, dass die schwache Anatomie der unterentwickelten Menschen schlichtweg nicht mit den ganzen Strahlungen umgehen konnte. Sie wies jetzt schon einige Systeme, die Lichtjahre von ihrem jetzigen Standort entfernt waren, an, Maßnahmen zu ergreifen, damit sich der

große Kovaluktor nicht im Eifer des Gefechts in einen Blob aus Protoplasma verwandeln würde.
Bevor Mercia fortfahren konnte, kam Frau Winter da eine ganz andere Idee. „Sag mal, kann man das auch in kleiner Form für Anti-Aging einsetzen?“ Vielleicht konnte sie aus all dem Trubel auch mal was Nützliches ziehen.
„Anti-Aging?“ Mercia verstand die Frage offensichtlich nicht. „Wenn ich diesen Begriff aus der Fremdsprache in deine übersetze, dann ist das ein Gegenaltern, aber das Altern ist ja das Kernkonzept eines Gwundelpartikelprojektors.“
„Ja, Anti-Aging.“ Frau Winter blieb dabei. „Also zum Beispiel gegen Falten.“

„Falten?“, fragte Mercia und rief die allgemeinen Informationen des Omni-Net ab. „Wie kann denn die Textur deiner Haut Einfluss auf eine Gefechtssituation nehmen? Ist dieses Anti-Aging wie eine taktische Waffe einzusetzen?“ Mercia war überrascht, dass der große Kovaluktor schon zu diesem Zeitpunkt mit strategischen Vorschlägen kam.
Frau Winter lachte laut. „O ja, du hast ja keine Ahnung, was das Anti-Aging-Wunder gegen die jungen Hüpfer bewirkt!“
„Hüpfer? Sind das so etwas wie eure Feinde?“
Eine schnelle Suche im Omni-Net nach Hüpfern zeigte Mercia nur kleine, pelzige Wesen, die alles andere als eine wirkliche Gefahr darstellten.
„Exakt, Mercia! Das sind sie in der Tat.“ Sie hatte allerdings das Gefühl, dass die KI nicht weiter folgen würde. Frau Winter betrachtete die Projektion von Mercia und fragte sich erneut, wie denn diese ominösen Erbauer aussahen.
„Was machen denn eure Frauen gegen das Altern?“, wollte sie von Mercia wissen.
„Frauen?“, kam wenig überraschend eine Gegenfrage.

„Weibchen? Habt ihr denn keine Geschlechter?“ Frau Winter versuchte, sich das Wenige ins Gedächtnis zu rufen, das sie über Exobiologie und die bekannten Rassen von Außerirdischen wusste.

Sowohl die Olmekuten, als auch die vielen Spezies des zentralgalaktischen Kollektivs hatten ein Verständnis von Geschlechtern. Also mussten es diese Erbauer, von denen Mercia die ganze Zeit sprach, ebenfalls besitzen.

„Keine Geschlechter und kein Altern. Wir kennen das Konzept des Alterns nicht.“ Die Antwort war trocken und sachlich.

„Und warum habt ihr dann Waffen erbaut, die auf das Altern abzielen?“ Frau Winters Lehrerinstinkt schlug aus. Das ergab für sie keinen Sinn.

„Unsere Feinde und deren Ausrüstung altern.“ Mercias Antwort war unerwartet nüchtern.

Frau Winter war lange genug Lehrerin, um zu merken, wenn jemand sie mit ungenauen Antworten an der Nase herumführen wollte.

Wage erinnerte sie sich daran, dass in der Höhle auf Arkturus 3 so etwas wie eine Hand gewesen war. Wahrscheinlich die Hand des echten Kovaluktor. Dann mussten sie zumindest mal über Gliedmaßen verfügen, mutmaßte sie.

„Mercia, zeig mir ein Bild deiner Erbauer“, sagte Frau Winter fordernd.

„Wie du wünschst“, sagte Mercia mit einem gewissen seltsamen Unterton.

In der Mitte des Raumes erschien auf einmal eine Projektion. Frau Winter zog scharf die Luft ein und stand auf.

„Na, damit hätte ich nun mal gar nicht gerechnet“, sagte sie mit offensichtlicher Verwunderung in der Stimme.

Die Projektion zeigte Frau Winters Kopf, der sich langsam drehte.

„Soll das ein Witz sein, Mercia?“, die Frage war rhetorisch.

Doch die KI antwortete nicht.

„Und was machen wir jetzt gegen diese Gwundel-Teile?“

„Meine Sensoren haben ergeben, dass die Reststrahlung weniger als 34 Nano-Drom Intensität hat“, erklärte Mercia. „Erneute temporale Effekte sollten sich auf ein Minimum reduzieren.“

Frau Winter nickte stumm und überlegte, wie sie es bei ihrem Mann wieder gut machen konnte. „Der arme Kerl“, sprach sie laut aus.

Ein lautes Piepen holte Frau Winter aus ihren Gedanken. Die Systeme ihrer Wohnung zeigten an, dass ihr Mann nach Hause gekommen war.

„Mercia, verschwinde!“, sagte sie schnell.

Hastig versuchte Frau Winter, eine legere Haltung anzunehmen. Sie hatte sich vorgenommen, ihrem Mann so einiges zu erklären.

„Schatz, ich bin zuhause“, sagte Herr Winter laut in das Apartment hinein. Er konnte nur hoffen, dass im Wohnzimmer seine Frau bei vollem Bewusstsein auf ihn wartete. Er hatte Blumen gekauft. Echte Blumen, die heutzutage ein Vermögen kosteten.

Seine Frau hatte der Ausflug nach Arkturus 3 verändert; die Entdeckung der seltsamen Höhle und der Kampf gegen den unbekannten Angreifer. Und nun ihr Verhalten, als sie von der Arbeit nach Hause gekommen war.

Er hatte die Zeit genutzt, um in der Parkanlage zu spazieren, in der ihre Wohnung lag. Sie bewohnten ein äußerst geräumiges Domizil in den Randbezirken, was früher einmal als das Rhein-Main-Gebiet bekannt gewesen war. Normalerweise verschaffte ihm der Park innere Ruhe. Aber heute war es anders. Auch wenn die Geoformer die Temperatur bei konstanten 20 Grad bei Sonne hielten, fröstelte es ihn.

Etwas stimmte hier nicht, und Herr Winter wollte den alten Frieden wieder haben. Er wollte ein Stück Normalität zurückbringen und freute sich nahezu auf etwas „Alltag“. Zusammen mit den Blumen hatte er noch Gebäck gekauft.

Nach den Geschehnissen auf Arkturus 3 hatten sich die Winters verhalten wie der Archetyp für Eheberatung: Sie hatten nicht darüber geredet. Herr Winter

hatte zwar unterschwellig etwas Angst, aber er war fest davon überzeugt, dass seine Frau mit der Sprache rausrücken würde, wenn ihr denn danach wäre.
Als er ins Wohnzimmer kam, saß sie mit einer Haltung auf der Couch, die er nur zu gut kannte: Allem Anschein nach, war ihr nun danach zu reden.
„Bruno, setz dich bitte!“, sagte Frau Winter mit ernster Stimme.
Das letzte Mal hatte er diesen Satz nach ihrem Parkmalheur seines nagelneuen Raumflitzers gehört. Egal, was nun kam, er würde Alkohol brauchen. Achtlos legte er die Blumen und die Schachtel Gebäck auf die Küchentheke und leerte den Rest des Weins in ein Glas. Dem Impuls, ein Messer einzustecken, widerstand er allerdings. Es war immerhin seine Frau dort im Wohnzimmer und kein Alien. Zumindest hoffte er das weiterhin inständig. Dann kam er vorsichtig ins Wohnzimmer und nahm auf einem Sessel gegenüber der Couch Platz.
„Bruno, ich möchte dir etwas zeigen“, sagte seine Frau und beugte sich nach vorn. Sie legte eine Hand auf sein Knie, was ihn zusammenzucken ließ.
„Mercia?“, rief Frau Winter in den Raum.
Herr Winter sah sich um, denn er hatte keine weitere Person im Raum gesehen. Mit wem redete sie denn nun schon wieder?
„Mercia?“, sprach Frau Winter laut. „Bitte projiziere dich in den Raum, damit mein Mann dich sehen kann.“
Eine metallische Projektion erschien in ihrer Mitte. Das Ding war so groß wie ein Kopf und reflektiere das Licht in allen Farben des Regenbogens.
Herr Winter schnappte kurz nach Luft.
„Bruno, das ist Mercia“, sagte Frau Winter und zeigte auf das Ding. Die Projektion leuchtete zur Bestätigung einmal auf.
„Mercia. Das ist mein Mann, Bruno.“
Herr Winter wusste sich nicht besser zu helfen, als einmal hilflos zu winken.
„Aha“, antwortete die KI völlig unbeeindruckt.

Mercia hatte selbstverständlich alles mitbekommen, was seit dem Erwachen der großen Kovaluktor passiert war. Sie hatte Datenbanken und das Verhalten dieser Menschen studiert.
Eigentlich urteilte Mercia immer neutral und sachlich, wie es ihre Erbauer vorgesehen hatten. Doch bei Herrn Winter machte Mercia eine Ausnahme von der Logik. Sie mochte ihn nicht. Mercias Kalkulationen hatten ergeben, dass dieses Wesen einen negativen Einfluss auf die Gefechtsfähigkeiten des großen Kovaluktors haben könnte. Mercia suchte schon seit einigen Tagen eine Möglichkeit, das Ding loszuwerden. Allerdings hatte Mercia auch den Wert des Individuums auf den großen Kovaluktor erkannt. Die KI befand sich in einer Zwickmühle.
Als ob das nicht genug Überraschungen gewesen wären, streifte Herrn Winters Frau noch den linken Ärmel ihres Oberteils hoch und entblößte ein metallisches Ding, was an ihrem Unterarm befestigt war. Sie klopfte einmal mit den Fingern der rechten Hand darauf, um zu zeigen, dass das Implantat echt war.
„Und das hier", begann Frau Winter fast schon stolz, „ist das Arxmal!"
„Artexomal", korrigierte Mercia lehrerhaft.
„Artexomal", wiederholte Frau Winter mit einem unsicheren Lächeln.
„Lass mich raten, du hast das alles in der Höhle gefunden?", fragte Herr Winter. Er verstand nun, warum er seine Frau seit der Reise nur bekleidet gesehen hatte. Und so langsam dämmerte ihm auch, was das Verhalten seiner Frau beim Kampf gegen die Überkakerlake beeinflusst hatte.
„Ja, Bruno. Eine längere Geschichte."
Er war mittlerweile aufgestanden und hatte sich ein Glas Wein eingeschenkt. Dann setzte er sich wieder auf die Couch und trank einen tiefen Schluck.
„Nur zu, ich habe Zeit", forderte er die beiden auf. Er winkte einladend mit den Armen. Zudem hatte er, wie er sich selbst eingestehen musste, gehörig die Schnauze voll.

Frau Winter erzählte von ihrem Fund in der Höhle und wie sie auf Mercia getroffen war. Den Kampf allerdings ließ sie aus.

„Aha“, sagte Herr Winter nach einer Weile. Er glaubte seiner Frau, auch wenn er die ganze Geschichte äußerst skurril fand.

„Und was sollen wir nun mit dem Ding da tun?“, sagte Herr Winter und zeigte auf Mercia.

„Dieses Ding“, antwortete Mercia mit sehr schnippischem Ton, „ist ein Gefechtsagent der Erbauer! Mein Intellekt ist ...“

„Gefecht?“, unterbrach Herr Winter, der sich aufs Wesentliche konzentrieren wollte.

„Ja, das habe ich mich auch schon gefragt“, pflichtete ihm seine Frau bei und nickte. „Na gut, Gefechtsagent“, begann Frau Winter und wandte sich an Mercia. „Gegen was kämpfen wir denn?“

Mercia hatte den Tonfall von Frau Winter als sogenannten Sarkasmus wiedererkannt. Diese Menschen waren ein äußerst skurriles Volk.

„Kennt ihr als Menschen keinen Krieg?“, antwortete die KI und versuchte, ihre Stimme ungläubig zu modulieren.

„Ha! Du hast keine Ahnung!“, sagte Herr Winter und winkte ab. „Such im Omni-Net mal nach dem Ersten, Zweiten und Dritten Weltkrieg und der Apple-Android-Eskalation.“

„Oh, ich verstehe“, sagte Mercia. Diese Menschen hatten es, wie sie sagten, faustdick hinter den Ohren. Krieg musste man ihnen nicht erklären, eher dauerhaft wegnehmen.

Mercia wich zur Seite und in der Mitte des Raumes erschien eine weitere Projektion.

„Ach du Scheiße!“, rief Herr Winter mit Abscheu aus. „Ist das hässlich!“

Mercias Stimme nahm einen erklärenden Ton an: „Es handelt sich hier um einen Ploon-Kommandanten. Unsere Feinde existieren in vielen Formen und Facetten. Dieser hier dient nur der Veranschaulichung“, sagte die KI.
Das Hologramm zeigte ein Wesen von knapp 2 Metern Größe, das auf 3 Beinen stand. Dort, wo sich der Kopf befand, war ein Ring voller Augen und darunter mehrere Rüssel, denen von Fliegen nicht unähnlich. Das ganze Wesen war gelb und mit einem leichten, feuchten Flaum bedeckt.
„Sag mal, Computer“, adressierte Herr Winter Mercia, „sind die in echt auch so groß?“
Er war aufgestanden mit dem Glas Wein in einer Hand und fuchtelte mit der anderen. Frau Winter kannte diese Haltung nur zu gut, wenn es um den Erwerb von gebrauchten Gleitfahrzeugen ging.
Mercia wandte sich Frau Winter zu. „Frau Winter, ist es dem biomechanischen Primitivling gestattet, mich zu adressieren?“
Frau Winter versteckte ihr Lachen hinter vorgehaltener Hand. „Biomechanischer Primitivling? Ich glaube, es hackt!“ Herr Winter war sichtlich erbost. Er gestikulierte mit dem Weinglas und einige Tropfen Wein spritzten auf den Boden.

„Du hast mich Computer genannt“, kommentierte Mercia lakonisch. „In deinem Inneren befindet sich ein Gehirn der Entwicklungsstufe 2.2, das einen biomechanischen Anzug aus Knochenmaterial, Muskeln und lebenserhaltenden Organen steuert. Die komplette Anordnung ist biomechanisch und ein Gehirn der Entwicklungsstufe 2.2 als etwas anderes als primitiv zu bezeichnen, wäre ja lächerlich.“
„So, 2.2?“, fügte Frau Winter hinzu und grinste ungewohnt infantil ihren Mann an. Sie hatte nicht die geringste Ahnung, auf was die KI hinauswollte, aber das fassungslose Gesicht ihres Mannes amüsierte sie.

„Und sie?“ Herr Winter deutete auf seine Frau. „Wie kann sie etwas Besonderes sein, wenn sie auch nur ein Biodingens ist?“

„Frau Winter ist der große Kovaluktor, demnach ist sie die, die über allen Dingen steht und Hachmad ist“, konstatierte Mercia.

„Siehst du?“, bestätigte Frau Winter. „Ich bin sogar Hachmad!“ Sie hauchte ihrem Mann eine Kusshand entgegen.

„Und was ist Hachmad?“, wollte Herr Winter wissen, der langsam, aber sicher den Faden verloren hatte.

„Frau Winter, darf der biome…“, griff Mercia die Frage erneut auf, doch Frau Winter unterbrach die KI.

„Ja, statte den Primitivling mit maximalen Rechten aus“, sagte sie und zwinkerte ihrem Mann zu.

„Rechte, die einer 2.2 angemessen sind?“, fragte Mercia und bemühte sich um einen skeptischen Unterton. Wenn die KI eines vermeiden wollte, dann diese Bruno-Kreatur mit irgendwelchen Privilegien auszustatten. Hoffentlich würden sie nicht nach Details fragen, denn 2.2 Grundrechte garantierten nicht viel mehr als genug Atemluft auf den Kriegsschiffen.

„Schatz, du weißt schon, dass ich hier bin, oder?“, mischte sich Herr Winter ein. Er winkte etwas hilflos zu seiner Frau, um ihre Aufmerksamkeit zu erhalten.

„Und nun zu dir.“ Herr Winter drehte sich zu Mercia um und zeigte mit dem Finger auf die KI. Er fühlte sich ausgeschlossen. „Ich bin immerhin der …“ – er bemühte sich um das richtige Argument – „der Geschlechtspartner eurer Anführerin!“

Er bemühte sich um einen autoritären Gesichtsausdruck und war sich sicher, dass Mercia ihn endlich mit Respekt behandeln würde. Auch wenn diese Außerirdischen keine Ahnung von Liebe oder Partnerschaften hatten, sie mussten sich ja schließlich irgendwie reproduzieren.

„Geschlechtspartner?", wiederholte Frau Winter laut und ihr Gesicht verfinsterte sich merklich. „Nach 27 Jahren Ehe habe ich den Status der Geschlechtspartnerin erreicht? Wow, Bruno." Der Tonfall war sehr eindeutig.

Herr Winter lief knallrot an. In diesem Moment bereitete er sich darauf vor, die nächsten Tage auf der Couch zu schlafen. Noch vor wenigen Augenblicken hatte er „Geschlechtspartner" noch für ein valides Argument gehalten.

Mercia hatte zwar noch nie Ehestreit gehört oder in dem Fall eine zornige Ehefrau. Einige Selbsterhaltungsroutinen bewahrten die KI dennoch vor einer fatalen Lautäußerung in diesem Moment. Der Zorn des großen Kovaluktors konzentrierte sich ausschließlich auf den Primitivling. Die KI war sich sicher, diesen Hass später noch gebührend ausnutzen zu können.

Frau Winter lief mit leicht zornigem Gesicht in die Küche. Das Geräusch eines Getränkes, das eingeschenkt wurde, war zu vernehmen.

„Das hast du ja sehr toll gemacht, Bruno!", sagte Mercia gerade so laut, dass nur Herr Winter sie hören konnte.

„Was fällt dir ein, du ..." Weiter kam Herr Winter nicht, denn seine Frau war zurück.

Sie balancierte ein gefährlich volles Glas Rotwein in der Hand.

Dann setzte sie sich auf die Couch und wandte sich an Mercia. „Mercia, erzähl mir über die Ploon." Ihr Tonfall war fast schon zu sachlich.

Herr Winter war sich unschlüssig, ob sie die Auseinandersetzung von gerade später fortführen würde, aber aktuell war er wohl mehr oder weniger sicher. Er ließ sich vorsichtig neben seine Frau nieder und setzte eine interessierte, aber unschuldige Mine auf.

Beide betrachteten wieder das Hologramm, das weiterhin inmitten ihrer Küche schwebte und ein ästhetisch zumindest für menschliche Augen äußerst fragwürdiges Lebewesen zeigte.

„Das ist eine Veranschaulichung eines geschlechtsreifen Standard-Ploon. Dieses Exemplar ist 8 Zyklen alt und hat bereits ausgeschieden“, fuhr Mercia fort.
Mit einem Mal schoss ein bestialischer Gestank Herrn Winter in die Nase.
„Ich habe eure olfaktorischen Systeme so weit modifiziert, dass ihr den Ploon auch riechen könnt“, fügte die KI hinzu.
Herr Winter machte würgende Geräusche, während seine Frau in aller Seelenruhe das Hologramm betrachtete. Mercia hatte die Sinnesmodifikation nur bei dem Geschlechtspartner des großen Kovaluktor angewendet. Bevor dieser jedoch den Raum kontaminieren konnte, beendete Mercia die Geruchssimulation.
„Die wirkliche Größe beträgt 4,5 Ymekton“, erklärte Mercia, und das Hologramm verschwand auf einmal.
„Wo ist er hin?“, wollte Frau Winter wissen und trank anschließend einen tiefen Schluck aus dem Glas.
„Jen, Liebes ...“ Herr Winter deutete auf die Mitte des Raumes, wo ein kleines Licht schwebte. Er hatte sich wieder gefangen.
„Ach, jetzt bin ich auf einmal wieder Liebes?“, fragte Frau Winter mit einem gefährlichen Unterton.
Herr Winter tat so, als ob er die Frage nicht gehört hätte, und ging in die Mitte der Küche.
„Ist er das?“ Er deutete auf das kleine Licht, das nicht größer als eine Fliege war.
„Korrekt, Bruno“, antwortete Mercia. „Das ist ein Ploon in Gefechtsgröße.“
Herr Winter lachte auf. „Aber das Ding ist winzig! Die können doch niemals solche Probleme machen!“ Er lachte lauter.
„Das ist doch ein Witz? Das Ding ist nicht größer als eine Biene.“ Frau Winter war verärgert. Sie war aufgestanden und hatte sich neben ihren Mann gestellt. Sie hielt das Ganze langsam für einen großen Witz. Anscheinend hatten die Jahre der Inaktivität die KI verwirrt.

Sie wandte sich Mercia zu und fuchtelte mit dem mittlerweile leeren Glas in Richtung der Projektion. Herr Winter wich ein paar Tropfen Wein aus.

Hätte die KI Furcht empfinden können, wäre jetzt der richtige Zeitpunkt dafür gewesen.

„Ihr macht dieses ganze Brimbambamborium für das da?“ Sie zeigte auf das winzige Hologramm. Ihre Stimme hatte einen belegten Unterton.

„Frau Winter, du darfst die Angriffskraft und Aggression der Ploon nicht unterschätzen!“, versuchte sich Mercia an einer Argumentation. Eine schnelle Analyse des Artexomal ergab, dass Frau Winters Blutkreislauf vergiftet war.

Die KI schlussfolgerte umgehend, dass dies im Zusammenhang mit dem alkoholischen Getränk stand, das der große Kovaluktor getrunken hatte. Sie extrapolierte ebenfalls, dass sie das unter Kenntnis der einsetzenden Wirkung getan hatte und war, milde gesagt, verwirrt. Die Gefechtsdrogen waren unakzeptabel gewesen, aber mutwillige Vergiftungen tolerierten diese Spezies. Mercia nahm sich vor, zu einem späteren Zeitpunkt mit dem primitiven Geschlechtspartner von Frau Winter ausreichende Experimente durchzuführen.

Herr Winters erneutes Lachen unterbrach die Anspannung und Mercias Kalkulationen im Raum. Er schnipste gegen das Hologramm, dessen Umrisse anfingen zu schwingen, bevor sie sich wieder zur vollen Form zusammensetzten.

„Angriffskraft?“ Er lachte lauter. „Das da?“

Mercia entschied sich für eine volle Breitseite an Fakten. Die Zeit drängte. „Frau Winter! Die Ploon waren einst die gewaltigste Plage des bekannten Universums und haben Millionen Planeten unterjocht. Unter anderem auch euren.“

„Momomoment!“, unterbrach Herr Winter Mercia im Satz. „Diese Dinger sind winzig und selbst wenn du Hunderttausende, von denen auf die Erde loslässt, könnte ich die mit der bloßen Hand zerdrücken.“ Herr Winter ließ beide Hände zusammenklatschen und zuckte zeitgleich mit den Schultern. „Da reicht ja eine Fliegenklatsche!“

Frau Winter nickte nur zustimmend. Sie hatte noch nie etwas von Ploon oder anderen kosmischen Bedrohungen gehört, mit Ausnahme des Olmekuten-Besuchs vor einigen Jahrzehnten.

„Mercia, diese Ploon sind wahrscheinlich schon alle ausgestorben", sagte sie mit fast besänftigender Stimme. „Ich weiß, was dir deine Programmierung sagt. Aber das ist lange her."

Frau Winter empfand so etwas wie Mitleid mit der KI. Anscheinend waren auch außerirdische Konstrukte nicht immer gegen Senilität gefeilt. Mercia musste schon Gott weiß wie lange in der Höhle gewartet haben.

„Frau Winter, ich verstehe nicht so ganz, warum ich deine Hormone nicht ansprechen darf, du aber wohl meine Programmierung", sagte Mercia fast schon schnippisch. „Aber wenn ihr mir nicht glauben wollt, dann muss ich es euch zeigen."

Frau und Herr Winter verloren auf einmal das Bewusstsein und fielen in tiefste Dunkelheit.

Als Frau Winter wieder sehen konnte, war sie nicht auf der Erde, sondern auf einer fremden Welt. Die Vegetation hatte eine bläuliche Farbe, und der Himmel schimmerte in einem fast schon violetten Rot. Gedanken und Eindrücke prasselten auf sie ein, und sie brauchte einen Moment, um sich zu orientieren. Sie begriff umgehend, dass sie Zeuge einer längst vergangenen Geschichte war.

Hektisch sah sie sich um und suchte ihren Mann. Um sie herum waren Hunderte von seltsamen Wesen, die dicht an dicht gedrängt auf einer felsigen Ebene ausharrten. Sie waren irdischen Kängurus nicht unähnlich. Ihre großen blauen Augen zeigten alle eines: Furcht! Frau Winter sah das Ganze aus den Augen eines dieser Wesen.

Dann konnte sie auf einmal ein Summen vernehmen, wie ein Schwarm Bienen. Das Summen wurde lauter und lauter, bis sich auf einmal der Himmel verdunkelte. Ihr Kopf dröhnte und der Lärm ließ ihre Eingeweide vibrieren.

Frau Winter wusste instinktiv, dass es sich hier um Millionen von Ploon-Schiffen handelte, die gekommen waren, um diesen Planeten zu erobern. Ohne Vorwarnung schossen Energiestrahlen aus dem Schwarm, und Frau Winter verlor erneut das Bewusstsein.

Frau Winter hatte keine Ahnung, wie lange sie ohne Bewusstsein gewesen war, als sie langsam wieder zu sich kam. Ihr Mann lag in einer ungesunden Haltung neben ihr auf der Couch und hatte einen kleinen Sabberfaden aus dem Mundwinkel hängen.

„Den Rest erspare ich euch", sagte Mercia steif.

Frau Winter tupfte ihrem Mann den Mund trocken, der erfolglos dagegen protestierte. Dann wandten sich beide wieder Mercia zu, die abwartend im Raum schwebte.

„Ihr habt doch sicher schon etwas vom Volk der Bjondaraner gehört?", fuhr Mercia fort.

„Bjondaraner?", fragte Herr Winter. „Nie davon gehört!"

„Die Hulft? Tamfan-Leute? Brut der Knofoten?", fragte Mercia hinterher.

Herr und Frau Winter schüttelten synchron den Kopf.

„Astorian-Kollektiv?", bohrte Mercia nach. „Könnt ihr auch nicht!", sagte Mercia mit ernster Stimme. „Alle von den Ploon ausgelöscht, lange bevor ihr Homo Sapiens angefangen habt, eure Gedanken auf Papyrus niederzuschreiben."

Mercias Projektion wurde stumpfer und sank fast auf die Couch. „Die sind für eure Augen klein, aber in der Masse haben sie eine gewaltige Angriffskraft.

Die Alten, meine Erbauer, haben die Ploon damals zurückgeschlagen und in die Dunkelwolke jenseits Phasma 7 verbannt.

Dann haben sie mittels der Konvoluktoren einen Phanexwam intergrattestiert und die Ploon damit gehulft. Dass du, Frau Winter auf dem Planeten die Basis reaktivieren konntest, zeigt, dass die Ploon-Bedrohung wieder akut geworden ist. Meine Sensoren zeigen, dass einige der Ploon-Grakeure anscheinend die Phasenkonstante der Dunkelwolke efrimiliert haben."

„Was?" Auch wenn es seit etlichen Jahren keine Züge mehr gab, verstand Frau Winter nur Bahnhof. Ihr leicht beduselter Zustand und das zweite Glas Rotwein halfen wenig, um ihr Verständnis von antiken, intergalaktischen Konflikten zu fördern.

„Klingt ein wenig, als ob ihr in eurer Dunkelwolke einen Lüftungsschacht gelassen habt, was?", kommentiere Herr Winter ungefragt die Szene.

„Was ist denn das schon wieder?" Frau Winters Geduld war am Ende. Mit beiden hier im Raum. Sie stand, leicht schwankend, auf und fuchtelte mit dem erneut leeren Glas. „Mercia, erkläre mir 'ner Sprache, die ich ver-verstehe." Sie versuchte, ihre Stimme fest klingen zu lassen.

Die KI griff in Echtzeit auf Omni-Net-Informationen zu und extrapolierte einen Satz, basierend auf dem Begriff „Umgangssprache des 22.n Jahrhunderts". Die KI imitierte sogar das Geräusch eines Räusperns: „Frau Winter, die Ploon haben sich befreit und werden versuchen, alles bekannte Leben auszulöschen. Und wenn wir nichts dagegen tun, wird kein Stein auf dem anderen bleiben."

Zeitgleich hatten einige Systeme des Artexomal das Blut von Frau Winter von den unerwünschten Toxinen befreit. Mercias Berechnungen ergaben, dass zwar das Wort „Gefechtsdrogen" bei dem großen Kovaluktor Unmut ausgelöst hatte, aber dass sie bei „Stimulanzien" eher mit Zustimmung reagieren würde.

Frau Winter war schlagartig nicht nur hellwach, sondern auch stocknüchtern.

„Außerdem möchte ich noch hinzufügen", sagte Mercia, „dass sich die Typen wie die Karnickel vermehren."

Die KI war sich sicher, mit dieser Formulierung ins Schwarze getroffen zu haben. Das primitive Omni-Net der Menschen hatte für massenhaft unkontrollierte Vermehrung noch weitaus vulgärere Begriffe parat.

„Hmm", kommentierte Frau Winter kurz. Sie wollte sich ihre Nervosität nicht anmerken lassen. Außerdem war sie verwirrt, dass der Wein so schnell an Wirkung verloren hatte. „Bekanntes Leben auslöschen?", fügte sie leise hinzu. „Das klingt jetzt aber etwas fatalistisch, oder?"

Auf einmal erfüllte ein Summen wie ein riesiger Bienenschwarm den Raum. Unzählige Projektionen von Ploon erfüllten den Raum.

Herr Winter fing an zu fuchteln, aber erinnerte sich umgehend daran, es nur mit Hologrammen zu tun zu haben. Es wurden immer mehr, bis Mercia die Demonstration abbrach. Sie hatte ihre volle Wirkung erzielt: Den Winters war klar, auf was Mercia hinauswollte.

„Auf die Größe kommt es nicht an!", sprach Herr Winter seinen Gedanken aus.

Den bösen Blick seiner Frau sah er schon gar nicht mehr, da er in Richtung Schlafzimmer unterwegs war.

„Hui!", sagte Herr Winter mehr zu sich selbst. „Ich geh dann schonmal packen."

Bevor seine Frau reagieren konnte, verließ er den Raum. Das war ihm alles etwas viel auf einmal. Herr Winter überlegte, ob er einfach ein schönes, langes Nickerchen halten und einfach hoffen sollte, dass der ganze Spaß später einfach vorbei war.

Aus dem Augenwinkel heraus sah er seine Frau mit dieser KI diskutieren. Ihm leuchtete ein, dass weder ein Mittagsschlaf noch ein Digestif hier etwas ändern würde.

Frau Winter kannte ihren Mann lange genug, um zu wissen, dass er erstmal etwas Ruhe brauchte. Die kleinen Wortgefechte legte Frau Winter ad-acta. Das war nur die Art ihres Mannes, mit Nervosität umzugehen.

Sie schaute ihrem Mann hinterher, der im Schlafzimmer verschwunden war. Dann drehte sie sich zu der Projektion der KI.

„Mercia, was passiert jetzt?", fragte sie unsicher. Frau Winter hatte allerdings eine wage Vermutung, dass sie Mercias Antwort nicht mögen würde.

Mercias Projektion kam ein wenig näher. „Wir müssen zurück zum Basisplaneten und den Rest der Armada wecken. Und das bevor die Ploon zu weit geglommert sind“, sagte Mercia mit einem unheilvollen Unterton.
„Wir? Was meinst du mit wir? Ich bin eine einfache Lehrerin und ganz sicher keine Hilfe gegen diese Plonse.“
„Ploon“, korrigierte Mercia lehrerhaft. „Mit einem gestreckten Doppel-O.“
„Was auch immer. Ich wünsche euch viel Erfolg, aber ich bin da raus.“
Damit hatte weder Mercia noch Herr Winter, der aus dem Schlafzimmer aufmerksam zuhörte, gerechnet.
„So einfach ist das aber nicht, großer Kovaluktor.“ Mercias Stimme nahm einen ernsten Ton an. „Du hast das Artexomal und damit auch die Gewalt über die Armada.“
„Artedingens, Armada, intergalaktischer Krieg ...“ Frau Winter schüttelte den Kopf. „Mercia, ich habe von dem ganzen Tamtam keine Ahnung!“ Dann drehte sie sich zu einem altmodischen Regal aus echtem Holz um. Das Ding hatte ihren Mann vor einigen Jahren ein Vermögen gekostete. Mit der Hand strich sie über ein paar anachronistische Bücher. „Ich bin Lehrerin!“ Dann drehte sie sich wieder zu der KI um. Sie hielt Mercia den Arm hin. „Warum machst du das Ding hier nicht einfach ab und suchst dir einen echten Soldaten?“ Dann drehte sie den Kopf leicht in Richtung Schlafzimmer. „Und Bruno?“, fügte sie hinzu. „Ich kann deine Gedanken fast laut hören und die Antwort ist, nicht nur rhetorisch: Nur über meine Leiche!“
Herr Winter stand an der Tür des Schlafzimmers, ließ die Schultern sinken und drehte sich wieder um.
Mercia hatte mit einer solchen Entwicklung nicht gerechnet. Kovaluktor zu sein, war Ehre, Pflicht und Freude zugleich. Diese Menschen und ihre Hormone blieben rätselhaft. Selbst für eine künstliche Intelligenz wie Mercia.

„Das ist sowieso nicht möglich, und die Zeit drängt. Wenn wir die Ploon nicht sofort aufhalten, dann …“ Es war das erste Mal, dass die KI nach Worten suchte und im Satz innehielt. „… ist die Galaxis im Arsch“, beendete Mercia den Satz.

Frau Winter hob eine Augenbraue. Mit diesem Ausdruck hatte sie nicht gerechnet.

Ihr regulärer Impuls bei solch vulgärer Sprache war ein Tadel, aber sie verstand, warum Mercia das gesagt hatte.

Sie war keine Kämpferin und hatte einen überschaubaren Abenteuergeist. Dann blickte sie ins Schlafzimmer, wo ihr Mann einen kleinen Kulturbeutel füllte. Er hatte sich anscheinend ohne mit der Wimper zu zucken, damit abgefunden, dass man ihr Leben einmal auf links krempelte.

Dann blickte sie auf das Holopad, das ihre Kühlschranktür zierte. Morgen würde sie eine Kollegin in Mathematik vertreten müssen. Sie stöhnte leise, als sie vor ihrem geistigen Auge Miliped in Algebra unterrichtete. Wahrscheinlich würde sie morgen auf das Angebot des Desintegrators zurückkommen und das Milliped-Problem ein für alle Mal erledigen.

Frau Winter erschrak! Sie ertappte sich seit Arkturus 3 häufiger dabei, dass sie Gedankenspielereien hatte, die sie vorher nicht für möglich gehalten hätte. Dann grinste sie, als sie sich vorstellte, wie ihr Mann auf eines dieser Gedankenspiele reagieren würde, dass die Uniform einer Langliner-Flotte beinhaltete.

Sie schüttelte den Kopf und atmete tief durch.

Wenn sie jetzt eine TSA-Basis aufsuchen würden, würde man sicher ihren Arm konfiszieren und sie und ihren Mann in Quarantäne stecken. Auch in den letzten 200 Jahren hatte das Militär nicht wirklich an Auffassungsgabe und

Kombinationsfähigkeit hinzugewonnen. Ein außerirdisches Implantat und eine Kriegs-KI. Danach würden sie sich die Finger lecken.

Und ob man ihr die Gefahr durch die Ploon glauben würde, stand sprichwörtlich in den Sternen. Und wenn Mercia Recht behielt, konnte es dann schon zu spät sein.

Frau Winter entschloss sich, den Fakten ins Auge zu blicken.

Sie blickte zurück auf die Projektion von Mercia, die abwartend im Raum schwebte.

„Warum fragst du nicht diese Olmekuten?“ Frau Winter erinnerte sich an den ersten und einzigen Besuch dieser außerirdischen Rasse. Sie hatten über eine unheimliche Waffengewalt verfügt. „Als die hier waren, haben sie einen recht wehrhaften Eindruck gemacht.“

Mercia machte ein Geräusch wie Luft, die zwischen Zähne hindurchgepresst wird. „Ganz schlechte Idee!“, kommentierte Mercia. „Da kannst du ja gleich Bruno nehmen!“

„Ich habe keine Wahl, oder?“, fragte Frau Winter die KI. Die Frage war rhetorisch, und Mercia antwortete nicht.

Frau Winter schnippte mit der rechten Hand auf das Implantat in ihrem Arm. Galaktischer Krieg oder Algebra? Frau Winter traf eine Entscheidung.

Noch einmal nickte sie in Richtung Mercia und schloss sich ihrem Mann im Ankleidezimmer an.

„Bruno?“, sagte sie mit fürsorglicher Stimme.

Ihr Mann reagierte nicht, sondern konzentrierte sich darauf, einige Shirts sorgsam zu falten. Für einen kurzen Moment hatte er sich vorgestellt, selbst die Macht über eine uralte, außerirdische Kriegsflotte zu haben. Stattdessen faltete er nun Textilien.

„Bruno?“ Seine Frau blieb hartnäckig und umfasste sanft seinen Arm.

Er drehte sich zu ihr um und erwiderte mit der anderen Hand ihre Berührung. Für einen kurzen Moment hielt sie inne.

„Ja, Jen?“

„Pack bitte genug Unterhosen ein.“

7

„Wir waren schon lange nicht mehr auf dem Mond!" Herr Winter hatte sich dazu entschieden, das Beste aus der Situation zu machen und den Trip zu genießen. Gerade hatte er ein strahlendes Lächeln im Gesicht und verdrängte den drohenden kosmischen Krieg in die hinterste Ecke seines Verstandes. Sein autonomer Koffer schwebte hinter ihm.

Trotz seiner Nervosität konnte man sagen, er freute sich wie Bolle auf den Trip. Er ging immer noch davon aus, dass die KI einen Schaden hatte und mit dem ganzen Tamtam gehörig übertrieb. Diese Ploon sahen für ihn zu ungefährlich aus und außerdem hatte noch nie jemand was von ihnen gehört.

Obwohl die Kommunikation innerhalb der Galaxis aus freundlichem „Leben und Leben lassen" bestand, hätte doch zumindest das zentral galaktische Kollektiv die Menschen warnen können.

„Hey, liebe Mitreisende der Unendlichkeit: Da, da und ganz besonders von dem Planeten solltet ihr die Pfoten, Finger, Krallen oder Tentakel lassen, wenn ihr eine uralte Nemesis nicht wieder aufwecken wollt", hätten sie den Menschen mitteilen können.

Herr Winter hoffte insgeheim, dass diese Ploon gar nicht existierten. Mercia machte auf ihn bisweilen den Eindruck, als ob die KI nicht mehr alle Transistoren im Mainboard hatte.

Mercia hatte den beiden nahegelegt, auf den Mond zu reisen, damit der Rücktransport zu dem Dschungelplaneten eingeleitet werden konnte. Auch wenn der KI die Konzepte von Heimlichtuerei und „Was sollen die Nachbarn von uns denken" verschlossen blieben, so beugte sie sich dem Willen des großen Kovaluktors. Frau Winter hatte auf maximale Diskretion bestanden.

Der Mond war ein beliebtes Reiseziel. Die Erde und ihn verbanden Expressshuttles, die mehrmals pro Tag von diversen Raumhäfen der Erde ablegten und den Mond in 30 Minuten erreichen konnten.

Die Winters hatten den Großraumhafen Offenbach genommen, der einer der Hauptverkehrspunkte in der Zone Neu-Europa darstellte. Eigentlich hatten sie über Stuttgart 21 fliegen wollen, doch der Raumhafen war noch nicht fertig gestellt. Wissenschaftler vermuteten, dass die aktuelle Verzerrung des Raums im Beteigeuze-Sektor ihren Ursprung in Stuttgart hatte.

Die Winters brauchten keinen Vorwand, um auf den Mond zu reisen. Es gab weder Sicherheitskontrollen noch größere Überwachung. Für die meisten Menschen war der Mond das „Ich geh mal eine Runde um den Block" des 22. Jahrhunderts. Ein Großteil der Mondoberfläche war als Biosphäre mit atmosphärischen Wandlern ausgestattet. Es gab Restaurants, Museen, Freizeitaktivitäten und vieles mehr.

„Du weißt schon, dass wir nicht zum Spaß hier sind?" Frau Winter hatte die gute Laune ihres Mannes erkannt. Er hatte eine für sie an dieser Stelle völlig unpassende Elastizität im Gang. Sie wünschte sich, er würde an dieser Stelle etwas steifer und weniger enthusiastisch laufen.

Für ihren Mann war das offensichtlich mit einem Schulausflug gleichzusetzen. Außerdem konnte sie seine Vorfreude förmlich schmecken. Eigentlich hatte sie sich vorgenommen, ihn bereits bei der Abreise aus ihrem Apartment zu aufzuhalten. Herr Winter hatte als Reisekleidung eine bequeme, sehr weit sitzende Sporthose und einen Pullover aus Synth-O-Cell gewählt, der in regelmäßigen Abständen Bandlogos des 20. Jahrhunderts zeigte. Die meisten dieser Logos konnte man ohne Computer-Unterstützung nicht entziffern, doch er beharrte darauf, dass das ohnehin so sein musste.

Unter normalen Umständen hätte sie ihn niemals so aus dem Haus gehen lassen, so sehr die Hose auch den besonderen Sitz für besondere Körperteile betonte. Speziell nicht, wenn es um die Rettung des Universums ging.
Mercia hatte ein kleines Transportschiffchen angekündigt, das sie zurück nach Arkturus 3 bringen sollte. Sie würden die ersten Menschen sein, die ein Schiff der Erbauer betreten würden und damit auch noch reisten.
„Na, wir können doch sicherlich im Food-Port 7 eine kleine Zwischenstation einlegen, oder? Mein Magen hängt mir in den Kniekehlen, und schon mein Opa hat immer gesagt, dass man das Universum nicht hungrig retten kann", fragte Herr Winter hoffnungsvoll. Er rieb sich mit einer Hand demonstrativ den Bauch.
Frau Winter resignierte zwar ein wenig, musste sich aber eingestehen, dass auch sie Hunger hatte.
Der Food-Port war ein erstaunlicher Teil des Mondes. Hier gab es alles Erdenkliche zu essen. Dutzende Stände und kleine Markthallen erfüllten die sonst so sterile Luft mit einem Geruch, der den Winters das Wasser im Mund zusammenlaufen ließ.
Überall warben Schilder mit den unterschiedlichsten kulinarischen Wundern. Egal, ob man Appetit auf einen Drehsojaimitatsbratling hatte oder auf chinesisches Gong-Bao.
Frau Winter war nach etwas Leichtem, das ihr später nicht im Magen liegen würde. Ein Schild bewarb vollmundig Salat aus echten Pflanzen, doch bevor Frau Winter etwas bestellen konnte, sah sie ihren Mann verdächtig nahe bei dem Bermudadreieck aus Chili, Chili und noch mehr Chili stehen.
„Bruno!" Frau Winters erzürnter Ruf war über den kompletten Platz zu hören. Etliche Männer, die sicher nicht Bruno hießen, zuckten zusammen und hielten inne.

Herr Winter war ohne weitere Rückfrage zu einer der Auslagen gegangen und war kurz davor, sich ins Verderben zu essen. Er freute sich wie Bolle auf einen extrascharfen Tandoori-Taco.

Seine Frau hingegen kam sich gerade vor, als ob sie ein Kind im Süßigkeiten-Abteil kontrollieren müsste. Sie eilte ihm hinterher und fluchte vor sich her.

„Was ist denn, Jen?“, fragte er unschuldig, obwohl er den Braten schon gerochen hatte. Herr Winter überlegte bereits, ob er die „Henkersmahlzeit-Karte“ ausspielen konnte. Immerhin waren sie auf einer Reise mit äußerst vielen Unbekannten.

„Bruno, alles außer Mexi-Indisch!“, sagte seine Frau in einem sehr ernsten Tonfall. Sie fasste ihn sanft am Handgelenk und zog.

„Aber“, begann Herr Winter und konnte dabei nicht vermeiden, dass er klang wie ein Kind, dem man den Lolli weggenommen hatte.

„Kein Mexi-Indisch!“, betonte Frau Winter ungläubig. „Das meinst du nicht ernst, oder?“

Herr Winter wollte antworten und überlegte, ob es den kurzfristigen Streit wert war. An dem Schalter räusperte sich bereits eine Frau hinter ihnen. Frau Winter drehte sich langsam um und atmete tief durch.

„Dauert das noch lange?“, fragte die Frau mit sehr genervter Stimme. Frau Winter musterte sie eingängig und stellte fest, dass ihr Vorrat an Bauchfett sie sicherlich durch einige Winter bringen würde, ohne Hunger zu leiden. Haarschnitt, Kleidung und die Körperhaltung ließen Frau Winter vermuten, es mit einer Homo Karensis zu tun zu haben.

Frau Winter entschied sich dazu, sie zu ignorieren, und wandte sich ihrem Mann zu. „Willst du wirklich darüber diskutieren, was dieser Fraß mit deinem Magen anstellt? Und das vor so einer Reise?“, fragte sie belehrend.

„Fraß?“, ertönte eine protestierende Stimme aus der Bestelleinrichtung.

„Ja, ja, ich habe das nicht so gemeint“, versuchte es Frau Winter beschwichtigend. „Ich esse das selber gerne. Nur nicht heute.“
„Dannisjagut“, erklang die genuschelte Antwort aus dem Lautsprecher.
„Hallo?“, sagte die Frau hinter ihnen erneut, diesmal mit etwas mehr Ungeduld in der Stimme. Dann machte sie den kapitalen Fehler, Frau Winter mit dem Finger in die Schulter zu pieken.
Für den Bruchteil einer Sekunde wollte Frau Winter Mercia anweisen, das Artexomal auf Maximalschaden einzustellen und einfach so draufloszuballern. Dann drehte Frau Winter sich mit dem kompletten Körper zu der Frau um und setzte das breiteste Grinsen auf, dass ihre Ohren zuließen.
„Es tut mir leid, dass wir beide zwischen Ihnen und einem potenziellen Herzinfarkt stehen. Aber sehen Sie, mein Mann liebt dieses Essen.“ Sie zeigte auf die holographische Speisekarte. „Auch wenn dieses Essen bedeutet, dass er in spätestens 30 Minuten auf einem Klo sitzt. Und, wie drücke ich das nun politisch korrekt aus? Hmm ...“, murmelte Frau Winter für einen kurzen Moment.
Sie drehte sich zu ihrem Mann um und warf ihm einen Blick zu, der seine Seele und sämtlichen Hunger aus seinem Körper trieb. „... er sich die Seele aus dem Leib scheißt“, fuhr sie fort und bemühte sich, ihre Stimme so emotionslos und ruhig wie möglich klingen zu lassen. Dann wandte sie sich kurz zum Mikrofon der Essenausgabe. „Und das hat nichts mit der Qualität Ihres Essens zu tun! Das ist nur seine individuelle Anatomie. Nicht, dass Sie mich falsch verstehen!“, sagte sie in einem bemüht versöhnlichen Tonfall.
Die genuschelte Antwort hörte sie bereits nicht mehr, als sie sich wieder zu der nörgelnden Frau zuwandte. „Also, Fräulein, verzeihen Sie, dass mir der Verdauungstrakt meines Mannes in diesem Moment wichtiger ist als Ihr Hunger!“
Das Wort Fräulein verwendete sie oft in diesen Situationen. Gerade weil es unglaublich selten nur noch verwendet wurde.

Das angesprochene Fräulein war in dieser Sekunde sprachlos und verlor anscheinend den Appetit. Sie blickte ein letztes Mal ihrer Kontrahentin in die Augen und zog von dannen. Frau Winter schaute ihr einen Moment hinterher und sah dabei aus einem Augenwinkel, wie auch ihr Mann zu einem anderen Stand zog.

„SiehabenmichgradezweiKundengekostet!“, nuschelte es erbost aus dem Lautsprecher.

Frau Winter hatte Mitleid mit dem armen Verkäufer und bestellte sich mit reichlich Trinkgeld einen Salat zum Mitnehmen.

Herr Winter hatte inzwischen aufgegeben. Es sah so aus, als ob mittlerweile der halbe Mond wusste, dass er kein scharfes Essen vertrug. Er hatte schon einen Stand mit Donuts auserkoren, aber war sich Sekunden später bewusst, dass die nächste Standpauke, die Zucker, Fett und Kalorien enthielt, sich geradezu aufdrängte.

Wenig später hatte er ein belegtes Vollkorn-Schnittchen in der Hand und kaute lustlos darauf herum, während sie in Richtung Ausgang wanderten.

Die Winters betraten durch eine Außenschleuse einen der atmosphärisch angepassten Bereiche. Hier hatten Ingenieure ganze Arbeit geleistet und Teile des Mondes durch Energiefelder abgeschirmt. So konnten Besucher auf der Oberfläche ganz ohne Schutzanzügen herumlaufen. Die Kraftfelder schillerten irisierend wie überdimensionale Seifenblasen. Herr Winter konnte kaum die Augen davon nehmen und lief fast in einen Generator.

„Pff, und dabei sind diese Kraftfelder nicht mal blond, was Bruno?“, kommentierte seine Frau.

Ihr Mann warf ihr einen verwirrten Blick zu und hielt sich demonstrativ für einen Moment die Augen zu.

Frau Winter antwortete mit einem herzlichen Lachen.

Sie hielt sich an ihrem schwebenden Koffer fest und beobachtete angespannt und vorsichtig die Umgebung. Ihr Mann hingegen hatte seinen Koffer auf Autopilot gestellt und nutzte die geringe Gravitation des Erdtrabanten voll aus. Als sie ihren Mann so fröhlich hüpfen sah, tat sie es ihm gleich. Das Universum würde schon nicht untergehen, wenn sie 5 Minuten Spaß hatten.

Herr Winter nahm die Hand seiner Frau und beide sprangen im Gleichtakt auf einer Art Gummioberfläche, die beide noch weiter in die Höhe schnellen ließ.

Mercias Projektion hingegen war nahe dem Boden geblieben und betrachtete die beiden mit einer gewissen Verwunderung, wenn denn eine KI dazu in der Lage war. Diese Menschen zeigten immer wieder irrationales Verhalten, aber Mercias Erbauer hatten nicht vor wichtigen Reisen und einem interplanetaren Krieg angefangen, wie darmandesische Ulpiere durch die Gegend zu springen. Vielleicht war das auch eine Art Gefechtsritual. So ganz hatte die KI die Paarungsriten der Menschen noch nicht verstanden. Aber anscheinend hatte verringerte Gravitation einen negativen Einfluss auf Hirnfunktionen.

Mercia hatte sie zu einem unbelebten Krater geführt, und die Winters waren zu einem normalen Laufen zurückgekehrt. Beide hatten ein verschmitztes Lächeln auf dem Gesicht und liefen Hand in Hand. Gerade passierten sie einige Schutzkraftfelder, die auch einen Einfluss auf das Umgebungslicht hatten. Kaum hatten sich ihre Augen an die Lichtverhältnisse angepasst, sah Frau Winter ein riesiges Metallkonstrukt vor sich, das den halben Krater ausfüllte.

„Ach du meine Güte, ist das Ding groß", sagte Herr Winter laut und warf den Kopf in den Nacken.

In derselben Sekunde wartete er schon auf einen schnippischen Kommentar seiner Frau. Die wiederum nahm den zweideutigen Witz nicht auf, sondern stemmte protestierend die Hände in die Hüften.

„Seid Ihr denn total bescheuert?", rief Frau Winter und zeigte auf das gigantische Raumschiff, das in einigem Abstand über der Mondoberfläche schwebte.

Hätte man ein Rudel militaristischer Raumschiffdesigner mit genügend Drogen vollgepumpt, den Raum mit klassischem Death Metal aus dem 20. Jahrhundert bespielt und sie an ein Holoboard gesetzt, so oder so ähnlich hätte das Ergebnis aussehen können.

Das Schiff hatte scharfe Kanten, Waffentürme und strahlte eine unglaubliche Präsenz aus. Zudem hing es äußerst provokativ inmitten einiger Kraftfelder, die ein ungesundes Brummen von sich gaben.

„Das Ding hat ja die Größe einer Kleinstadt. In ein paar Sekunden wird die komplette Erdpatroullie hier sein!", rief Frau Winter, die um ihre Fassung rang.

Das konnte die KI unmöglich ernst meinen. „Welcher Teil von ‚Keine unnötige Aufmerksamkeit erregen' war denn so schwer zu verstehen?"

Mit einem Mal erschien die Projektion von Mercia vor ihnen. Die KI war ein wenig verunsichert. Es war eigentlich nur ein kleiner Kreuzer und Kommandoschiff. Nach den Verhältnissen der Erbauer war das Schiff weder sonderlich groß noch beeindruckend. Mercia wollte nicht zugeben, dass die anderen Schlachtschiffe, die eines Kovaluktors angemessen waren, allesamt in Wartungshangars hingen.

Mercia entschied sich dazu, dass Schiff als Flaggschiff zu verkaufen. „Frau Winter, wir wollten den großen Kova... nun, dich, mit den gebührenden Ehren abholen. Außerdem kann nur ein Schiff der Crexton-Klasse ausreichenden Schutz gegen eventuelle Angriffe der Ploon bieten", versuchte es Mercia mit einer Erklärung

Mercia baute diese erneute Anspielung auf den wirklichen Namen des großen Kovaluktors mit Absicht ein. Die KI hoffte auf stillschweigende Akzeptanz. Ein Konzept, das sie in kurzer Zeit von Herrn Winter aufgeschnappt hatte, und versuchte zu adaptieren.

Herr Winter hatte in der Zwischenzeit begonnen Kanonen, Raketenwerfer und sonstige Dinge zu zählen, die das gewaltige Schiff als Waffen montiert hatte. Es waren eine Menge.

„Frau Winter, das Schiff verfügt über Tarnvorrichtungen. Keine der primitiven Ortungssysteme der ansässigen Miliz wird es entdecken. Die Lichtreflexionen wurden an eure Sinnesorgane angepasst, so dass zumindest ihr es sehen könnt“, erklärte Mercia. Die KI verstand die Aufregung nicht.

„Da bin ich aber beruhigt“, sagte Frau Winter sarkastisch, die dem Braten nicht traute. Das Ding war zu riesig, als dass es wirklich niemand bemerken würde.

Dann kam die Projektion der KI näher und fing stärker an zu leuchten. „Benenne dein Flaggschiff, großer Kovaluktor.“ Mercias Stimme klang fast feierlich. „Ich meine, Frau Winter.“

„Bitte“, sagte Frau Winter belehrend und verschränkte die Arme.

„Was?“, fragte Mercia hilflos.

„‚Benenne dein Flaggschiff, bitte‘“, fuhr Frau Winter ungeniert fort. „Mit Höflichkeit hattet ihr es damals nicht so, was?“

Mercia entschied sich in diesem Moment, nicht weiter darauf einzugehen.

„Werte Frau Winter? Würdest du *bitte* dein Flaggschiff angemessen benennen?“, versuchte es Mercia erneut und bemühte sich um einen freundlichen Tonfall.

„Oh, wie aufmerksam“, sagte Frau Winter mit fast schon scheinheiliger Stimme. „Irgendeinen Namen?“

„Was auch immer dir gefällt“, entgegnete Mercia. Der KI dämmerte es in einigen Subsystemen, dass das keine gute Idee gewesen war.

Herr Winter ahnte ebenfalls nichts Gutes. Nervös trippelte er mit den Füßen herum. Den Part hätte zu gern er übernommen. Ein eigenes außerirdisches Kriegsschiff!

„*Zaubergarten*!“, sagte Frau Winter betont und machte mit beiden Armen eine umfassende Geste.

„*Zaubergarten?* Das kannst du nicht ernst meinen! Das ist eine Enterprise, eine Exekutor oder eine Galactica!“, platzte es aus Herrn Winter heraus, der die Arme in die Hüften stemmte. Das war zu viel des Guten! Er wäre die Namensfindung völlig anders angegangen. Auf jeden Fall hätte er etwas Angemesseneres gefunden als *Zaubergarten*.

„Das ist doch etwas von deinem Trek-Wars, oder?“, antwortete seine Frau schnippisch. „Weißt du, Schatz: Wenn du einmal Kommandant eines außerirdischen Raumschiffes wirst und du gefragt wirst, wie es heißen soll, kannst du dich nach Lust und Liebe austoben. Das hier gehört offensichtlich mir und heißt nun *Zaubergarten*.“

Herr Winter wollte protestieren. Seine Frau hatte seine Faszination für Science-Fiction des 20. Jahrhunderts nie verstanden.

Er entschied sich für die Universallösung jedes erfolgreichen Ehemanns: Er hielt die Klappe und stimmte zu. „Ja, Schatz. *Zaubergarten* ist ein perfekter Name für dieses ... Schiff.“ Er schluckte seinen Protest hinunter.

„Frau Winter, das Schiff ist zwar für Sensoren eurer primitiven Miliz unsichtbar, aber wenn da jemand gegen fliegt, haben wir trotzdem ein Problem“, sagte Mercia mit einer gewissen Dringlichkeit in der Stimme.

„Ähm, Schatz?“, sagte Herr Winter und tippte seiner Frau auf die Schulter. Dann zeigte er in Richtung einer Schleuse.

Dort standen drei Kinder in orangefarbenen Overalls, die allesamt die Köpfe mit offenen Mündern in den Nacken legten.

„Mercia, bist du sicher, dass niemand das Schiff sehen kann?“, fragte Frau Winter skeptisch und betrachtete die Kinder.

„Die Wellenverschiebungen können sehr individuell sein. Anscheinend ist die Effektivität bei Augen eurer Brut nicht zu 100 % effektiv“, antwortete Mercia. „Ich habe das Schiff bereits angewiesen, sich des Problems anzunehmen.“

„Na dann ist ja gut, solange die Kinder es nicht mehr sehen können, scheinen wir hier ja alleine zu sein“, antwortete Frau Winter. „Dann passe diese Wellendingens bitte an.“

„Die optische Wellenphasenverschiebung des Schiffes. Selbstverständlich, Frau Winter", antwortete Mercia mit leicht enttäuschtem Unterton.
An Bord der *Zaubergarten* wurde einer der Kurzreichweiten-Desintegratoren wieder eingefahren. Mercia war sicher, dass ein weiterer kleiner Krater weniger Aufsehen erregen würde, als drei Jünglinge, die dachten, sie wären Opfer einer optischen Illusion. Aber der Wille des Kovaluktors war wie immer bindend. Die KI hätte zu gerne die Effektivität der Waffensysteme demonstriert.
Die Umrisse des Schiffes flackerten kurz, und die drei Kinder begannen miteinander zu tuscheln. Wahrscheinlich würden sie das Ganze nur für eine holographische Spielerei halten und in wenigen Minuten vergessen haben. Schon einige Momente später hatten sie das Interesse verloren und widmeten sich wieder einigen Flugdrohnen.
„Gut, und wie kommen wir am besten an Board?", fragte Herr Winter, der wie üblich aber ignoriert wurde.
„Haltet bitte still", sagte Mercia und die Projektion der KI verschwand.
Auch wenn die irdischen Wissenschaftler sich schon einen Wolf zusammenexperimentiert hatten: Hinter das Geheimnis der Teleportation waren sie noch nicht gekommen. Anders jedoch Mercias Erbauer.
Die Winters und ihr Gepäck verloren von der einen Sekunde zur anderen ihre stoffliche Existenz und wurden in Energie umgewandelt. Fast zeitgleich erschienen sie in einem riesigen fremdartigen Raum, der wohl so etwas wie die Kommandoeinheit des Schiffes darstellte.
Frau Winter fühlte sich seltsam und bemühte sich um ihre Orientierung und ihren Mageninhalt. Der Snacksalat gab ihrer Speiseröhre gerade das Pfötchen.
„Entschuldige bitte, die Transporteinheiten sind noch nicht auf deine Biosignaturen eingestellt worden", versuchte Mercia die Situation zu entschuldigen.

Frau Winters Blick fiel auf ihren Mann, der neben ihr um seine physische Existenz kämpfte. „Bruno!", rief Frau Winter aus. Mit ihrem Mann stimmte etwas ganz und gar nicht.

„Mercia!" Sie drehte sich um und zeigte wütend auf die KI, die so tat, als ob sie der neue körperliche Zustand von Herrn Winter nichts anginge.

Es sah so aus, als ob Herr Winter irgendwo zwischen zwei Dimensionen festhing und sich nicht richtig manifestieren konnte. Frau Winter hatte ihren Mann schon unzählige Male nackt gesehen, aber Eingeweide waren ein anderes Level an Intimität.

„Mercia!", schrie sie voller Angst.

Frau Winter glaubte fast eine Art von „Ist ja schon gut" von Mercia gehört zu haben, aber sie war viel zu sehr in Sorge um ihren Mann.

Die KI reagierte umgehend, und Frau Winter sah, wie sich die Gestalt ihres Mannes immer mehr und mehr stabilisierte.

Wenige Augenblicke später hatte Herr Winter seine gewohnte Gestalt angenommen. Rasch eilte seine Frau zu ihm und tastete ihn – nicht grade zimperlich – ab.

„Jen!", protestierte Herr Winter, als seine Frau zur Kontrolle mit voller Hand an eine sehr spezielle Stelle fasste.

„Ach, jetzt auf einmal beschwerst du dich, wenn ich das mache, was?" Frau Winter nahm die Hand zurück.

Herr Winter, der sich nicht bewusst war, dass er vor wenigen Momenten der erste Mensch gewesen war, der in 9 Dimensionen gleichzeitig existiert hatte, verstand nur Bahnhof. Sein Gemächt schmerzte in den Ellbogen, und er hatte Bauchschmerzen in der Brust. Irgendetwas passte ganz und gar nicht zusammen.

Mercia blieb erklärungslos, während die beiden sich beruhigten. Eigentlich hatte die KI vorgehabt, den primitiven Geschlechtspartner des großen Kovaluktors als gemeinen Buindra – eine semi-intelligenten Rasse mobilen Schleims –

manifestieren zu lassen und den Fehler auf die eingerosteten Bordsysteme zu schieben. Doch Mercia hatte berechnet, dass es die ohnehin schon eingeschränkte Gefechtsfähigkeit ihrer Kriegsmeisterin um weitere 34 % reduzieren würde.

Die Winters hingegen versuchten, sich zu orientieren. Um sie herum war ein Raum, der sicher 100 Personen ohne Probleme hätte beherbergen können. Es gab Konsolen, Videowände und holographische Displays. Er war beeindruckend und fremdartig zugleich. So sehr sich Frau Winter auch anstrengte, die Einrichtung ließ keinen Schluss auf das wahre Aussehen ihrer Erbauer zu. Frau Winter strich über eine Konsole und eine dicke Staubschicht bildete sich auf ihrem Zeigefinger.

„Hier ist auch schon lange nicht mehr richtig geputzt worden, was?“ Sie wanderte durch den Raum und beobachtete alles sehr neugierig.

Ihr Mann hingegen hatte sich auf eine Konsole gesetzt und war einige Minuten nur damit beschäftigt zu existieren.

„Mit Sauberkeit hatte es euer Volk nicht so, hmm?“ Frau Winter ließ nicht locker. In ihrem Verständnis sollte eine intelligente Spezies, die die intergalaktische Raumfahrt und Teleportation beherrschte, doch zumindest auch den Putzlappen erfunden haben.

Nur einige spontan entstandene Subroutinen zur Selbsterhaltung bewahrten die KI vor einer vorschnellen Antwort. Mercia blickte auf Herrn Winter, der nur vorsichtig mit dem Kopf verneinte und sich einen Finger an den Mund legte. Selbst ohne die Selbsterhaltungssubroutinen hatte die KI verstanden, dass es besser war, das Thema zu wechseln.

„Frau Winter, ich werde gleich einen Wartungstrupp losschicken. Zum … äh … Reinigen“, antwortete Mercia pflichtbewusst.

Das Schlachtschiff hatte zahlreiche Drohnen an Bord, die zur Instandsetzung, Aufrüstung und zu medizinischen Zwecken dienten. Wie man einen solchen

Trupp mit Staubwedeln und Saugern ausstatten sollte, musste die KI erst noch herausfinden.
Mercia klinkte sich erneut in das Omni-Net ein und landete spontan bei einem Videokanal der „Omas Helfen!"-Vereinigung. Dort fanden sich duzende Videos zur richtigen Verwendung von Putzlappen und Reinigungsmitteln.
So einige Dinge hatten sich für die Menschen des 22. Jahrhunderts auch mit modernster Technik nicht verändert. Mercia empfand es als seltsam, so viel Energie in eine nicht gefechtsrelevante Wartungsarbeit fließen zu lassen. Doch es war der Wunsch des großen Kovaluktors, und dem leistete Mercia unbedingt Folge. Zum ersten Mal in ihrer sehr langen Existenz produzierten Maschinen innerhalb des Flaggschiffes Putzlappen und Staubsaugerdrohnen.
Mercia vernahm ein leises Räuspern und bemerkte Herrn Winter neben sich.
„Mercia?", fragte er so leise wie möglich.

„Ja, Bruno, Geschlechtspartner der großen Kovaluktor?"
Die KI hatte zwischenzeitlich das Konzept der Reproduktion der Menschen verstanden. Irgendwo in den Wirren von sehr vielen Buchstaben gab es auf natürlichem Wege meist nur eine effektive Variante. Selbst für ein so unterentwickeltes Volk wie die Menschen wertete Mercia das komplette Prozedere als zu aufwändig. Zudem verstand sie nicht, warum die Menschen aus simpler Kopulation ganze Industriezweige entwickelt hatten. Davon sogar einen, der sich lediglich mit der naturgetreuen visuellen Reproduktion von echter Reproduktion beschäftigte. Sie hatten noch nicht die n-dimensionale Technik entwickelt, aber verbrachten Ewigkeiten damit, alle Arten von Körperflüssigkeiten möglichst kreativ von einem Primaten zum nächsten zu transportieren.
Herr Winter war sich nicht sicher, ob die KI das einfach genoss oder so etwas wie Sarkasmus entwickelte.

„Sag mal, wo sind hier die sanitären Anlagen?“, fragte er leise. Er hoffte, seine Frau würde die Frage nicht hören. Frau Winter hatte allerdings auf einer Art Stuhl vor einem Holovid-Display Platz genommen und beobachtete ihre beachtlich schnelle Reise. Sie hatte nicht mitbekommen, dass sich das Schiff in Bewegung gesetzt hatte.

„Ich verstehe die Anfrage nicht“, antwortete Mercia mit ungewohnt sonorer Stimme und so laut, dass es wahrscheinlich auch ein Gehörloser am anderen Ende der Zentrale mitbekommen hätte.

„Na, die Toiletten?“, bohrte Herr Winter nach. Ihm schwante Übles.

„Ich verstehe die Anfrage nicht“, wiederholte Mercia robotisch.

„Wo haben deine Erbauer ihre Ausscheidungen deponiert?“ In Herrn Winter steigerte sich eine gewisse Verzweiflung. Er konnte nicht einfach irgendwo in eine Ecke machen.

„Ich verstehe die Anfrage nicht.“ Kam die Antwort wenig überraschend.

Herr Winter hatte nicht bemerkt, dass seine Frau näher gekommen war. „Lass mich raten, du musst mal“, fragte sie ungeniert.

„Jen, lass es. Das ist nicht witzig“, unterbrach Herr Winter seine Frau peinlich berührt.

Frau Winter hatte ein fast schon schadenfrohes Lächeln im Gesicht. „Hättest du nicht auf dem Mond gehen können?“ Sie schüttelte den Kopf. „Nummer eins oder Nummer zwei? Wenn wir Pech haben, stinkt gleich das ganze Raumschiff nach Kanalisation!“

„Jen!“, platzte es aus Herrn Winter heraus, dem die ganze Situation mehr als peinlich war.

Seine Frau grinste noch breiter. Sie hatte Mitleid mit ihm, denn früher oder später würde sie in dieselbe Lage geraten.

„Und jetzt stell dir mal vor, du hättest Chili gehabt“, fügte sie hinzu. „Mercia?“ Frau Winter wandte sich der KI zu.

„Ja, Gebieterin?“ Mercias Stimme hatte einen schmeichelhaften Unterton angenommen.

„Wo auf dem Schiff haben deine Erbauer denn eine Einrichtung zur Lagerung von Stoffwechselendprodukten eingerichtet?“, fragte Frau Winter und sah sich um.

„Die Erbauer hatten keinen Bedarf für so etwas. Aber ich habe aus euren Datenbanken Informationen extrapoliert und die Schiffssysteme etwas bauen lassen. Wir wollen ja nicht, dass der Primat sich in den Gängen erleichtert“, fügte die KI unter Herrn Winters Protest hinzu.

Herr Winter grummelte vor sich hin. So langsam vermutete er, dass die KI sich mit Absicht ihm gegenüber so verhielt.

Eine holographische Karte des Schiffes erschien in der Mitte des Raumes. Eine blaue Linie markierte einen Weg, der quer durch das ganze Innenleben ging.

„Uff“, sagte seine Frau und unterdrückte ein Lachen. „Da bist du ein Stückchen unterwegs, Bruno. Hältst du das so lange aus?“

Herr Winter hatte sich seinen Kulturbeutel unter den Arm geklemmt, den er schnell aus dem Koffer geholt hatte.

„Solange sie mir nicht mit drei Muscheln kommen, bin ich zufrieden“, sagte er grummelig.

Herr Winter versuchte, keine weitere Miene zu verziehen, und machte sich auf den Weg.

Seine Frau drehte sich zu ihm um und rief ihm hinterher: „Und wenn sie so was wie Klobrillen haben: Lass sie unten!“

Herr Winter hatte den letzten Satz schon nicht mehr gehört. Er war allein, nur mit ein paar Hygieneartikeln bewaffnet auf dem Weg in das Innere eines außerirdischen Kriegsschiffes auf dem Weg zu einer Toilette. Zumindest hoffte er, dass Mercia so was wie eine Toilette hatte bauen lassen und sich keinen üblen Scherz erlaubte. So langsam hatte er das Gefühl, dass ihn die KI auf dem Kieker hatte.

Mercia hatte den Weg mit leuchtenden Spuren auf dem Boden illuminiert. Die KI hatte einen kurzen Moment überlegt, den Weg mit einer Tour der inneren und äußeren Schiffssysteme zu verbinden, sich dann aber dagegen entschieden.

Es zeigte sich schnell, wie fortgeschritten die Technologie der Erbauer war. Mercia hatte die Flugzeit auf 6 Stunden berechnet. Die KI wollte auf einige Subsysteme verzichten, da sie den genauen Einfluss auf die Anatomie von Menschen nicht einschätzen konnte.

Ihr erster Flug hatte auf einem Langliner 3 Tage gedauert. Und selbst die modernen Systeme dieses Schiffstyps konnten die Andruckkräfte und Effekte der interstellaren Raumfahrt nicht ganz kompensieren. Auf der *Zaubergarten* hingegen merkte man von der irrsinnigen Geschwindigkeit nichts. Das Schiff beschleunigte und manövrierte mit unglaublicher Kraft. Mercias alte Erbauer mussten über einen unglaublichen technologischen Fortschritt verfügen.

Frau Winter und ihr Mann waren seit einigen Minuten in eine hitzige Diskussion verstrickt, in der es im Wesentlichen um die Steuerung des Raumschiffes und seiner stattlichen Anzahl an Waffen ging.

„So, du meinst, nur weil du sämtliche Folgen von Trek Wars gesehen hast, kannst du auch ein echtes Raumschiff steuern?“, fragte Frau Winter mit einem sarkastischen Unterton. Sie hatte die Arme verschränkt und ließ das Artexomal an ihrem linken Unterarm im Licht absichtlich funkeln.

„Es heißt Star Wars und ...“, begann Herr Winter und hielt mitten im Satz inne. Ein böser Blick hatte ihn verstummen lassen. Er ahnte nun, was folgen würde.

„Wenn du alles besser weißt, dann steuere du doch das Ding hier!“ Frau Winter stand von der Konsole auf, die sie als Stuhl gebrauchte, und machte mit den Armen eine allumfassende Geste. Sie zeigte auf eine Apparatur mit einem großen holographischen Bildschirm. „Du kannst das da steuern“, begann sie und drehte sich um ihre eigene Achse. „Und die da auch, nehme ich an?" Sie zeigte beiläufig auf eine Gruppe Dinger, die wie Kanonen aussahen und auf einem Bildschirm sichtbar waren, der die Außenhülle der *Zaubergarten* zeigte. „Und das da dann auch!" Sie deutete auf einen Apparat, der aussah wie ein mitten in einer Explosion eingefrorener Staubsauger.

Der Begriff und die Bedeutung des „Hoffens" waren neu für Mercia. Allerdings „hoffte" gerade ein Teil der KI, dass Frau Winter mit ihrem letzten Satz eine dieser „Floskeln" verwendet hatte und das Ausgesprochene nicht ernst meinte. Das war der Moment gewesen, in dem die KI zu einem Millionstel Prozent religiös geworden war. Mercia hoffte, dass der große Kovaluktor keinen Teil der Erbauer-Flotte in die Gewalt des Geschlechtspartners geben würde.

„Frau Winter, wenn ich mich hier mal kurz einmischen darf?", versuchte es Mercia vorsichtig.

Frau Winters Blick war eiskalt, aber sie ließ die KI gewähren. „Bitte", sagte sie und verschränkte die Arme.

„Du bist der große Kovaluktor und damit auch Oberbefehlsherrin und erste Kommandantin der *Zaubergarten*", begann Mercia und hatte unbewusst genau die falsche Argumentation gewählt.

„Na, wenn ich die Chefin hier bin, kann ich doch auch Arbeit delegieren, oder?", fragte Frau Winter mit harmloser Stimme.

Mercia lernte schnell. Zu „Hoffnung" gesellte sich nun auch das geflügelte Wort von „Sich auf Glatteis befinden".

„Theoretisch ja. Dir steht eine gewaltige Armada an künstlichen Geschöpfen, Robotern und …" – aber weiter kam Mercia nicht.

„Mercia, übertrage das Kommando über die *Zaubergarten* und das ganze Tamtam hier an Herrn Winter", sagte Frau Winter auf einmal mitten in den Raum.

„Gebieterin, bist du dir sicher, dass er das kann?", fragte Mercia vorsichtig.

„Na, die große Klappe hat er ja schon, oder?“ Frau Winters Antwort ging an ihren Mann, den sie mit ihrem Blick fest fixierte.

„Klappe?“, fragte Mercia. Das Omni-Net hatte nur mechanische Verschlüsse ausgegeben, und anatomische Analysen der Menschen zeigten eher andere Arten von Verschlüssen. Die KI war verwirrt.

„Ihr zwei habt schon mitbekommen, dass ich auch hier bin?“, versuchte sich Herr Winter einzumischen.

Der war sich plötzlich seiner Sache aber gar nicht mehr so sicher. Er blickte auf die unzähligen Hologramme, Bildschirme, Kontrolleinheiten, und plötzlich wurde ihm die ungemeine Verantwortung klar. Und ihm leuchtete ein, dass blanke Theorie noch keinen Meister machte. Erst recht nicht bei außerirdischen Kriegsschiffen. Er begann zu schwitzen.

„Wusste ich es doch!“ Frau Winters Finger bohrte sich in seine Brust. „Wenn es ernst wird, kneifst du!“ Sie lächelte ihn unvermittelt mit einem breiten Grinsen an. „Mercia, ignoriere den letzten Befehl und lass das Kommando bei mir“, sprach Frau Winter in den Raum.

Obwohl die KI keinen Sauerstoff benötigte, atmeten einige ihrer Subroutinen tief durch.

Frau Winter nahm wieder auf der Konsole in der Mitte der Zentrale Platz. „Mercia, ich benötige langsam mal einen angemessenen Kommandosessel. Mir tut der Hintern weh und lass gleich einen mit für Bruno bauen.“ Dann zeigte sie mit der rechten Hand auf den Bildschirm.

„Mercia. Energie!“, sagte Frau Winter und zwinkerte ihrem Mann zu.

8

Die Reise zu Arkturus 3 verlief erschreckend ereignislos. Mercia hatte zusammen mit den Schiffssystemen eine Art Kabine für die Winters erstellen lassen, die alle Arten von Annehmlichkeiten aufwies, die die KI im Omni-Net gefunden hatte.

In der Kabine versuchten sie herauszufinden, wie diese Erbauer, von denen Mercia andauernd redete, eigentlich ausgesehen hatten. Doch jede Anfrage zu Bild oder Videomaterial oder auch nur zu groben Beschreibungen ignorierte die KI. Hin und wieder produzierte sie ein Bild von Frau Winter und tat so, als ob das der Weisheit letzter Schluss sei. Die Winters konnten nicht verstehen, warum diese Wesen, die über solch mächtige Technologien verfügten, ein so großes Gewese um ihr Aussehen machten.

Die beiden lagen nun seit einer Weile auf einem bequemen Lager und waren eingedöst.

„Frau Winter. Wir haben das Zielsystem erreicht“, sagte die KI unvermittelt mit extralauter Stimme.

Frau Winter rieb sich den Schlaf aus den Augen. „Danke, Mercia“, antwortete sie und stand auf.

Ihr Mann hingegen schnarchte vor sich hin. Er war tatsächlich im Tiefschlaf und hatte sich in eine improvisierte Decke gekuschelt. Frau Winter hatte fast schon etwas Mitleid, ihn zu wecken.

„Sieht er nicht friedlich aus?“, sagte Frau Winter mehr zu sich selbst. Sie strich ihm sanft über die Wange.

„Wenn Du möchtest, kann ich ihn in ein Stasisfeld packen“, antwortete Mercia ungefragt. „Dann bleibt er auch so still und harmlos.“

Einmal isoliert, könnte Mercia den Geschlechtspartner einer intensiven Hypnoschulung unterziehen. Hypnoschulungen waren ein einfacher Weg, um primitive Hilfsvölker in die richtigen Bahnen zu lenken. Mercia hatte schon ein ausgewähltes Programm bestehend aus Gehorsam, Selbstaufgabe und rudimentärem, technischem Verständnis vorbereitet.

Frau Winter blickte die Projektion von Mercia an und hielt den Zeigefinger vor die Lippen. Dann beugte sie sich zu ihrem Mann und gab ihm einen Kuss auf die Stirn.

„Aufwachen, Schatz. Der Kaffee ist fertig!", sagte sie sanft.

Herr Winter öffnete die Augen und tastete nach einer Tasse. Erst dann merkte er, dass seine Frau einen Scherz gemacht hatte. Sie lachten beide ausgelassen.

Mercia gab ein kaum wahrnehmbares „Menschen" von sich und beendete die Projektion im Raum. Wenn die Omni-Net-Recherchen zutrafen, würden der Kovaluktor und ihr Geschlechtspartner hier einen ihrer Paarungsriten vollziehen. Mercia wollte das eingehend beobachten. Eventuell lag hier der Schlüssel darin, den Primaten loszuwerden und ihn zu ersetzen.

Die KI dimmte die Beleuchtung in der Kabine weiter und justierte unbemerkt den Härtegrad der Nanoschaummatratze. Doch die Winters standen auf und machten keinerlei Anstalten zur Fortpflanzung.

„Frau Winter, zu eurem Schutz habe ich Anzüge produzieren lassen, die im Fall eines Ploon-Angriffes zusätzlichen Schutz bieten. Außerdem halten sie zumindest den ersten Bissen eines Fremaran stand", sagte Mercia in den Raum.

Die Tür ihrer Kabine öffnete sich und ein Kasten mit zwei Anzügen darin schwebte herein.

„Na, das ist ja mal stylisch!" Frau Winter passte der Anzug wie angegossen. Sie bewegte sich darin und merkte, dass das Material sie in keiner Weise einschränkte. Dann drehte sie sich um, um ihrem Mann zu helfen, und prustete laut los.

Während Frau Winters Anzug mattsilbern war mit einigen schmückenden Linien, war der Anzug ihres Mannes in grellem Pink gehalten.

„Haha, Bruno, du siehst sehr, wie sage ich das jetzt am besten ...“, begann sie und musste wegen eines weiteren Lachanfalls unterbrechen.

Herr Winter fühlte sich wie ein Charakter einer Kindersendung über Superhelden. „Mercia!“, rief er erbost in den Raum.

„Ja, Bruno?“, antwortete die KI in süßlichem Tonfall.

„Ich möchte meinen Anzug bitte in einem anderen Farbton haben!“, wies er die KI an.

„Befehl nicht möglich“, antwortete Mercia robotisch. „Benötigte Ressourcen sind aufgebraucht.“

Herr Winter drehte sich zu seiner Frau um. „Das macht das Ding doch mit Absicht! Das Schiff ist riesig!“

Herr Winter war fassungslos. Er schaute an sich herunter und war ganz und gar nicht glücklich mit seinem Anzug. Außerdem hatte es den Anschein, als ob in die Brust des Anzugs so etwas wie ein Einhorn eingraviert war. Dann bemerkte er einen Klaps auf seinen Hintern und seine Frau küsste ihn aufmunternd auf die Wange.

„Du siehst wahnsinnig sexy aus!“, sagte sie in verführerischem Ton. „Wenn wir das hier überleben, darfst du mit mir Superheldenspiele spielen.“ Sie zwinkerte ihm zu. „Aber erst müssen wir die Galaxis retten“, sagte sie und verließ die Kabine.

Herr Winter blieb einen Moment perplex zurück. War das Galgenhumor oder meinte sie das ernst? Er erspähte seine Reflexion auf einer Metalloberfläche, und für einen kurzen Moment posierte er.

„Bruno?“ Mercia riss ihn aus seinen Gedanken.

„Ja bitte?“, antwortete Herr Winter, der es gar nicht gewohnt war, dass die KI mit ihm sprach.

„Nur mal so für meine Archive: Um Beischlafrituale zu initiieren, genügt es, euch in Gefechtsanzüge zu kleiden und unmittelbarer Gefahr auszusetzen?“, fragte die KI.

Herr Winter antwortete nicht, sondern schloss sich seiner Frau in der Zentrale der *Zaubergarten* an.

Ohne weiteres Zutun wurden beide entstofflicht und materialisierten im selben Augenblick wieder auf Arkturus 3.

Mercia hatte die Schiffssysteme justiert, so dass bis auf ein leichtes Kribbeln und einen seltsamen Geschmack von Earl-Grey-Tee keine Nebenwirkungen des fremdartigen Transports zu spüren waren.

Frau Winter orientierte sich schnell und bemerkte, dass auch ihr Mann den Transport diesmal ohne exponierte innere Organe überstanden hatte. Sofort schlug ihnen die dicke Luft und Geräuschkulisse des Dschungels ins Gesicht.

„Ich hatte schon fast vergessen, wie sehr ich diesen Planeten hasse“, sagte Frau Winter. Sie wedelte bereits einige Insekten aus ihrem Gesicht.

Herr Winter hingegen kämpfte fast schon mit vollem Körpereinsatz gegen alle Arten von Kleintieren. Er vermutete bereits, dass die KI seinen Anzug dafür modifiziert hatte.

Mercia hatte wiederholt betont, dass keine irdische Technologie die *Zaubergarten* auch nur orten konnte. So schwebte das gigantische Schiff in einem tiefen stationären Orbit, als ob es die immer noch stationierte Gruppe der TSA zum Narren halten wollte.

Die Winters brauchten einige Momente, um sich an die fremde Umgebung zu gewöhnen. Herr Winter streckte sich in seinem Anzug. Das Ding kniff an allen Ecken.

Auf einmal erschien Mercias Projektion vor Ihnen.

„Hier entlang, bitte“, sagte die KI und führte sie durch einen schmalen unbewachsenen Pfad.

„Mercia, so langsam kannst du mal mit der Sprache rausrücken, was wir hier eigentlich wollen“, fragte Frau Winter. „Irgendwas erwecken, oder so?“
Die KI hielt inne und drehte sich um. „Als du die Basis mit dem Artexomal geweckt hast, sind dort jede Menge sehr komplizierte Prozesse angelaufen, um eine Armada zu bauen, die es mit den Ploon aufnehmen kann. Die *Zaubergarten* ist leider das einzige Schiff dieser Klasse, das nach all den Jahren noch gefechtsfähig ist“, erklärte Mercia. „Die Basis hat mir kommuniziert, dass wir nun einige Schiffe mehr haben können.“
„Aha“, meinte Frau Winter und zuckte mit den Schultern.
„Hast du gehört, Jen? Eine ganze Armada!“ Herr Winter war völlig aus dem Häuschen. Das Raumschiff war für ihn schon das Ereignis schlechthin, aber eine ganze außerirdische Armada legte da nochmal eine Schippe drauf.
„Jetzt mal ernsthaft, Bruno. Die Typen haben Zeitwaffen und was weiß ich nicht alles und trotzdem müssen wir wieder durch die halbe Galaxis auf diesen Drecksplaneten für eine Raumflotte?“ Frau Winter war nicht sonderlich begeistert.
Mercia schwebte weiter und vermied die Konfrontation.
Frau Winter griff an ihre Hüfte und hatte auf einmal eine bösartig aussehende Waffe in der Hand, deren Mündung in einem violetten Licht leuchtete.
Herr Winter war fassungslos, dass seine Frau mit einer außerirdischen Waffe ausgestattet worden war.
Seine Frau hatte ihn bemerkt. „Schick, was?“, sagte sie stolz.
Sie hielt die Waffe mit beiden Händen und imitierte ein Zielen auf unsichtbare Gegner. „Mercia, was ist das nochmal?“
„Du hast einen Mikroatomisierer in der Hand. Er ist ausgesprochen effektiv gegen Ploone mittleren Wachstums. Außerdem kannst du damit einen eventuellen Fremaran umlegen, falls wir nochmal auf einen treffen“, erklärte die KI.

„Einen Mikroatomidingens!“, bestätigte Frau Winter mit einem für Herrn Winters Geschmack viel zu breiten Grinsen.

Zu Hause hatte er nicht einmal einen Baseballschläger zur Dekoration kaufen dürfen. Und jetzt hantierte seine Frau mit einer fremdartigen Energiewaffe, als ob das für sie völlig normal sei. Herr Winter wollte erst protestieren, aber dann griff er an seine Hüfte und atmete erleichtert durch, als er auch einen Griff fühlte. Er zog die Waffe aus der Halterung und betrachtete sie eingehend. Das Objekt war stabförmig und hatte erstaunliche Ähnlichkeit mit den Laserschwertern aus sehr alten bekannten Filmen. Seine Nackenhaare stellten sich auf und seine Hand zitterte vor Aufregung. So ein Ding hatte er sich seit seiner Kindheit gewünscht!

Er fing an, sehr pfeifend zu atmen, und sagte laut: „Du unterschätzt die dunkle Seite der Macht!“ Ohne weiter nachzudenken, hielt er den Griff in der Hand und betätigte den Auslöser. Seine Hand zitterte noch stärker.

Ein blauer Lichtkegel kam aus dem Objekt.

„Mercia?“, fragte Herr Winter, der auf einmal eine unangenehme Ahnung hatte. „Was ist das hier in meiner Hand?“

„Blaues Licht“, antwortete Mercia nüchtern.

„Und das macht was?“

„Es leuchtet blau“, fügte Mercia hinzu. „Du hast den Entwicklungsstand 2.2. Da kannst du froh sein, überhaupt etwas mit einer Batterie zu bekommen.“

Enttäuscht steckte Herr Winter das Ding wieder an seinen Gürtel. Er hätte es wissen müssen. Während seine Frau einen Atomisierer bekam, hatte er die Taschenlampe erhalten. Er grummelte vor sich hin und bemerkte, wie sich der Dschungel lichtete.

Vor ihnen tat sich eine Lichtung auf, in deren Mitte sich eine Art Hügel befand. Als sie näher kamen, begannen Teile des Hügels zu leuchten, und eine Art Tor wurde sichtbar.

„Frau Winter, du kannst nun mit dem Artexomal an deinem Arm die Basis öffnen!“, sagte die KI fast schon feierlich.
Frau Winter hob den linken Unterarm, an dem die metallene Plakette fest mit ihrem Fleisch verbunden war. Sie winkte einmal mit dem Arm, aber nichts passierte.
„Sprich ‚Freund‘ und tritt ein!“, kommentierte Herr Winter mit einem Kichern.
„Was?“, fuhr ihn seine Frau an.
„Nichts ... nichts. Mach du nur weiter.“ Herr Winter unterdrückte ein Grinsen und wandte den Kopf zu einer Gruppe scheinbar unglaublich interessanter Lianen.
Frau Winter schluckte ihren Unmut darüber hinunter, dass ihr Mann die ganze Angelegenheit mit einer gewissen kindlichen Naivität anging. Mit einem metallenen Knirschen, das sich anhörte, als ob man einen altertümlichen Braunkohle-Bagger kastrierte, öffnete sich das metallene Tor.
Mercia schwebte voran, und die sich vor ihnen öffnende Halle erleuchtete sich.
„Wow!“, sagte Herr Winter. Er hatte mit vielem gerechnet, aber nicht mit einer beinahe kompletten unterirdischen Stadt, die sich vor ihnen auftat.
Überall standen seltsame Maschinen, und die ganze Szenerie wurde von einem diffusen Leuchten erhellt. Es roch nach Metall und Kirschblüten.
Die Winters sahen sich erstaunt um.
„Sag mal, Mercia, wie habt ihr das denn geschafft? Das wirkt viel größer, als es von außen sein dürfte“, fragte Herr Winter, der schon befürchtete, wieder ignoriert zu werden.
„Für eine Lebensform deiner niedrigen Entwicklung, Bruno, eine überaus aufmerksame Beobachtung. Die Realitätsbeuger der Erbauer haben hier ganze Arbeit geleistet und die Basis um den Faktor 3.7 gegenüber dem Rest der Außenwelt integriert.“

Herr Winter war sich immer noch nicht sicher, warum die KI ausgerechnet ihn mit Vornamen ansprach. Er war aber auch in dieser Sekunde etwas stolz auf sich selbst.
„Realitätsbeuger?“, fragte Frau Winter. „Was ist das denn schon wieder?“
Mercia schwebte merklich 20 Zentimeter höher, und die Form der KI begann stärker als sonst zu leuchten. Frau Winter war aufgefallen, dass sie das immer dann tat, wenn sie etwas erklären konnte.
„Realitätsbeuger sind Mitglieder der Erbauer, die physikalische Grenzen im 9-dimensionalen Raum erweitern können“, antwortete Mercia mit Stolz in der Stimme.
„Sind?“, fragte Herr Winter ungläubig. Er hatte seine Taschenlampe in der Hand und sah sich eingehend um. Der blaue Lichtkegel erleuchtete eingestaubte Apparaturen und Konsolen.
„Bitte?“, antwortete Mercia so knapp, als ob man die KI beim Flunkern erwischt hätte.
„Na, immer, wenn du von deinen Erbauern sprichst, redest du in der Vergangenheit, aber bei diesen Realitätsknilchen nutzt du das Präsens“, sagte Herr Winter mit belehrendem Unterton. Er richtete das Licht auf Mercia.
Unvermittelt drückte ihm seine Frau einen dicken Kuss auf die rechte Wange. „Ach, Bruno, du bist so sexy, wenn du richtige Grammatik verwendest“, sagte sie.
Herr Winter lief rot an, denn seine Frau hatte ihm sanft in das Ohrläppchen gebissen. „Jen!“, kommentierte er mit einem Lachen.
Herr Winter war maximal verwirrt, aber entschied sich, seine Aufmerksamkeit zunächst auf Mercia zu richten.
Die KI tat das, was sie immer tat, wenn das Thema zu konkret auf ihre Erbauer kam: Sie schwieg.
„Mercia?“, sagte Frau Winter laut.

„Ja?“

„Beantworte die Frage. Warum hast du ‚sind‘ gesagt? Dir als KI dürfte kein Grammatikfehler unterlaufen, oder?“

„Es ist etwas komplexer, Frau Winter“, begann Mercia eine Erklärung. Die Projektion wurde schwächer, als ob sie versuchte zu verschwinden.

„Och, wir haben Zeit.“ Frau Winter setzte sich auf einen Metallsockel.

Mercia wollte nicht sagen, dass Ressource 23, das, was die Menschen „Zeit“ nannten, das Letzte war, was sie hatten. Die Erbauer hatten viele Konzepte und Errungenschaften, und Mercia war gelinde gesagt dezent frustriert, dass diese Menschen nur einen Bruchteil verstanden.

Ein schabend, schlürfendes Geräusch störte unvermittelt das Gespräch.

„Ach du Scheiße“, sagte Herr Winter laut. „Ist das einer von euch? Dann ist das kein Wunder, dass ihr euer Aussehen so verheimlicht.“ Herr Winter zeigte mit dem rechten Arm in einen Korridor. Das Licht seiner Taschenlampe erhellte den Gang.

„Nope!“, sagte Mercia ungewohnt salopp und wich etwas zurück. „Das ist keiner von uns. Ganz im Gegenteil. Wie ist der denn hierhergekommen?“

Vor ihnen, wenige Meter entfernt, stand eine ungefähr 3 Meter große Kreatur, die Herrn Winter entfernt an einen Verkehrspylonen aus dem 20. Jahrhundert erinnerte. Das Ding war gelblich und mit einem drahtigen Fell bewachsen und fuhr, stülpte und womberte ständig neue Körperteile, Tentakel und Fortsätze aus. Aus Poren tropfte irgendeine Art von Flüssigkeit auf den Boden. Die Luft nahm unmittelbar einen sauren Geschmack an. Zudem summte das Wesen laut.

„Mercia?“ Frau Winters Stimme klang besorgt. Sie musste leicht würgen und wich einen Meter zurück. Mit fremden Lebensformen auf diesem Planeten hatte sie bisher eher weniger positive Erfahrungen gesammelt.

Sie hatte ihre Waffe gehoben und zielte auf den Eindringling. Als sie abdrückte, kam ein zischender violetter Energiestrahl heraus, der an einem Energiefeld um den Ploon einfach abglitt.
„Das ist ja höchst effektiv!“, sagte Frau Winter und feuerte erneut.
„Aufgrund der anstehenden Gefechtssituation überschreibe ich einige meiner internen Protokolle“, begann Mercia mit ungewohnt mechanischer Stimme. „Es handelt sich um einen Ploon-Exekutor, der hier ist, um den aktuellen Kovaluktor zu zerstören. Ich möchte hinzufügen, wenn ihr weiterhin die Burschen für harmlos haltet, wird der für später geplante Beischlaf sicherlich ausfallen.
Mit Ploon-Exekutoren ist nicht zu spaßen!“, fügte Mercia mit Unruhe in der Stimme hinzu. „Dein Mikroatomisierer ist hier leider nutzlos. Günther hat einen Staffelschirm der 7. Ordnung.“
„Günther?“ Frau Winter war massiv verwirrt.
„Ich habe dem Exekutor einen individuellen Namen geben“, sagte Mercia. „Laut eurem Omni-Net seid ihr effektiver gegen Feinde mit individuellen Namen, wie beispielsweise Hit...“
„Verstanden, Mercia“, unterbrach Frau Winter die Erklärung. „Was machen wir nun gegen Günther, den Exekutor-Ploon?“
Frau Winter wich einen weiteren Meter zurück. Sie hatte es schonmal mit erbosten Eltern zu tun gehabt, denen die Benotung ihrer eigenen Sprösslinge nicht gepasst hatte und die ihr vor der Schule aufgelauert hatten. Aber ein außerirdischer Exekutor einer fremden Rasse war eine andere Form der Eskalation.
Frau Winter dämmerte, dass sie hier mit Diplomatie nicht weiterkommen würden.
„Und warum ist der so riesig? Die, die du uns gezeigt hast, waren wesentlich kleiner.“ Frau Winters Unbehagen wuchs.

„Es handelte sich um das ploonsche Äquivalent von Hormonen, Frau Winter", begann Mercia. „Das funktioniert so ähnlich wie bei dir."

„Was soll das denn wieder heißen?", protestierte Frau Winter.

Herr Winter versuchte, hinter den beiden Mercia zu signalisieren diese Argumentationskette schnellstmöglich zu beenden. Er fuchtelte so wild, als ob er einen epileptischen Anfall hätte.

Frau Winter bemerkte ihn und drehte sich um. Er hörte schlagartig auf.

„Hast du auch was zu meinen Hormonen beizutragen, Bruno?", fuhr ihn seine Frau an. Der Tonfall war angriffslustig.

Herr Winter entschloss sich dazu, schnell das Thema zu wechseln. Wenn ihm zwei Jahrzehnte Ehe drei Dinge gelehrt hatten, dann waren es: „Ich habe keinen Hunger", hieß immer eine Extraportion zu bestellen, ein „Ich mach mich mal frisch" dauerte länger als 10 Minuten, roch meistens schlecht, und niemals unter keinen Umständen über Hormone sprechen.

Mercia hingegen verstand nicht, dass der große Kovaluktor und ihr Geschlechtspartner den Ploon-Exekutor gerade ignorierten. Nur ein paar mittelstarke Fesselfelder hielten die Kreatur gerade im Zaum. Die KI hoffte, dass die beiden Menschen schnell zu einem Konsens über Hormone kamen, ansonsten würde Günther mit ihnen kurzen Prozess machen.

„Schatz, mach doch dasselbe, wie bei dem Vieh in der Höhle!", schlug Herr Winter seiner Frau vor und schob sich ein paar Schritte heroisch hinter sie. Obwohl er sicher war, dass die Taschenlampe keinen Effekt haben würde, hielt er sie wie eine Pistole in Richtung des Ploon.

„Negativ, Bruno", entgegnete Mercia. „Der reine Einsatz von Gefechtsdrogen wird hier nicht ausreichen, und Günther hat bereits sämtliche internen Verteidigungssysteme der Anlage deaktiviert."

Der Exekutor hatte mittlerweile nicht nur ihre Anwesenheit bemerkt, sondern bewegte sich langsam auf die kleine Gruppe zu. Die Bewegungen waren zeitlupenhaft und wirkten noch seltsamer, als das fremde Wesen ohnehin schon aussah.

„Mercia?“, fragte Frau Winter mit zitternder Stimme. „Was ist hier der Plan?“

„Ich habe Günther erstmal mit Fesselfeldern verlangsamt“, sagte Mercia emotionslos. „Erbitte Autorisierung für Notfallprotokoll.“

„Ja, um Himmels willen!“, antwortete Frau Winter ungeduldig. Sie konnte sehen, dass der Exekutor immer schneller auf sie zu kam.

„Das wird jetzt etwas unangenehm, Bruno“, rief Mercia laut.

Und dann begann Herr Winter, zu schreien.

Der rosafarbene Anzug und er darin verformten sich. Ein Helm entfaltete sich aus einer Wulst am Kragen und bedeckte Herrn Winters Kopf. Überall bildeten sich scharfe Ecken und Kanten. Nach einigen Momenten sah Herr Winter aus, als ob man ihn in Leim getunkt und dann in Rasierklingen gewendet hätte.

„Achtung!“, begann Mercia mit hektischer Stimme. „Günther blockiert mit seinen Blörgelapparaten alle Waffensysteme. Außerdem hat er ein starkes Energiefeld der 7. Ordnung aufgebaut.“

„Aha“, sagte Frau Winter. „Und was soll Bruno jetzt in dem Aufzug machen?“

Sie entfernte sich einen Schritt von ihrem Mann.

„Der arme Kerl schneidet sich noch an den ganzen Klingen!“, fuhr sie fort.

Herr Winter richtete sich auf und protestierte laut, doch der Anzugshelm blockierte seine Stimme.

Mercia hatte die Anzugssysteme mit Absicht so modifiziert. Die KI hatte eine Ahnung, dass der Primat nicht unbedingt begeistert sein würde, wenn man ihm die effektivste Taktik gegen einen Ploon-Exekutor mitteilen würde.

Günther nutzte seine ganze Kraft, um sich durch die Fesselfelder der Basis zu quetschen, auch wenn das hieß, dass er hier und da einige Gliedmaßen abriss.

Exekutoren waren besondere Ploon, die speziell zur Ermordung hochrangiger Militärziele, oder für spezielle Latrinendienste eingesetzt wurden. Nichts konnte einen Exekutor an der Erfüllung seiner Pflicht hindern.

„Mercia!“, rief Frau Winter laut und ihr Mann gestikulierte wild neben ihr.

„Ja, ja!“, antwortete die KI genervt. „Ich bin schon dabei, brauche noch eine Sekunde für den Ultrakurzdistanzteleport.“

„Ultra... was?“, begann Frau Winter und hielt mitten im Satz inne, als ihr Mann neben ihr entstofflichte.

Wie ein Blitz schlug eine Energieladung in den Schutzschirm des Exekutors.

Frau Winter schrie in Panik auf und wollte in Richtung des Ploon rennen. Doch Mercia stoppte sie mit einem eigenen Fesselfeld.

„Frau Winter, warte!“, sagte Mercia mit Bestimmung.

Herr Winter war mitten in Günther materialisiert. Um ihn herum waren Körperteile, Gedärme und andere Dinge, die unappetitlich pulsierten. Er war froh, dass er auf dem Mond auf den Taco verzichtet hatte, sonst hätte er damit nun sicher die Innenseite seines Helmes dekoriert.

„Bruno!“, ertönte Mercias Stimme im Helm. „Stell dich jetzt bitte nicht so an!“

„Ja, bist du völlig übergeschnappt?“, fuhr Herr Winter die KI an. Der Anzug hatte sich am ganzen Körper modifiziert und dabei auch sehr private Bereiche nicht ausgelassen. Herr Winter fühlte sich, als ob ein ganzes Arsenal nicht jugendfreier Fetische an ihm ausprobiert worden wären.

„Hol mich hier raus zum Teufel!“, rief er, doch die KI reagierte nicht.

Günther war längst nicht tot, sondern versuchte den Fremdkörper mit Pseudogliedmaßen aus sich herauszubefördern.

„Und was soll ich jetzt machen?“, schrie Herr Winter weiter in den Helm.

„Ich habe euer Omni-Net nach der besten Beschreibung deiner individuellen Kampftaktik durchsucht“, begann Mercia nach einigen Momenten. „Am besten bekämpfst du den Exekutor, indem du einmal durch ihn durchschwimmst!“

„WAS?“ Herr Winter war außer sich. Das ging weit über das übliche Maß an Piesackerei der KI hinaus.
„Na, schwimmen. Dieselbe Bewegungssequenz, die ihr Menschen benutzt, um euch durch Wasser fortzubewegen, wird dich auch aus den Eingeweiden des Exekutors bringen und ihn dabei mit 78 % Wahrscheinlichkeit erledigen.“ Die KI verstand nicht, was an ihren Anweisungen so unverständlich war. „Sag mal, Bruno, du hast doch sicher das Seepferdchen, oder?“
Frau Winter, von Fesselfeldern am Bewegen gehindert, traute ihren Augen nicht. Ihr Mann hatte bis vor wenigen Sekunden wie ein abstraktes Kunstwerk halb im Körper des Ploon gehangen. Nun machte er koordinierte Bewegungen.
Es sah so aus, als ob durch den Exekutor kraulte.

Mercia hatte beim Erscheinen Günthers alle Optionen berechnet. Die meisten hätten den großen Kovaluktor in zu große Gefahr gebracht. Retrospektiv betrachtet hatten sie keine andere Möglichkeit gehabt.
Mercia hatte sich dann vor nun fast einer halben Stunde dazu entschieden, das seltene Notfallprotokoll durchzuführen. Obwohl der KI menschliche Empathie fremd war, verstand Mercia, dass hier gerade ein besonderer Moment zwischen der Kovaluktor und ihrem Partner von Nöten war und ließ die beiden vorerst in Ruhe.
Herr Winter lag in den Armen seiner Frau und wimmerte leise. Zu ihrer eigenen Verteidigung rief sich Frau Winter in den letzten 30 Minuten nach der Begegnung mit dem Exekutor immer wieder zwei wichtige Fakten auf ins Gedächtnis: Zuallererst war ihr Mann absolut begeistert und fasziniert von der Tatsache, dass ihm die noch funktionierenden Teile der Basis einen mechanischen Panzer angelegt hatten, um ihn als eine Art Cyborg gegen den Exekutor einzusetzen.

Zum anderen hätte niemand, aber auch wirklich niemand, in der Hitze eines solchen Gefechts bedacht, dass eine uralte Zivilisation nicht zu 100 % mit menschlicher Anatomie vertraut war.

Frau Winter hatte gesehen, wie ihr Mann den Exekutor förmlich „zerschwommen" hatte. Der biomechanische Panzer hatte sich wie eine zweite Haut um ihren Mann gelegt. Und als sie ihn aus den schleimigen Überresten des Exekutors gezogen hatte, hatte sie ebenfalls gemerkt, dass der Panzer auch vor privateren Teilen ihres Mannes keinen Halt gemacht hatte. Mehrere Elemente hatten sich aus diversen Winkeln, Einkerbungen und Körperöffnungen erst mit mittlerer Gewalt lösen lassen. Überall im Raum lagen Teile von Panzerplatten, Organe und Lachen von Flüssigkeiten.

Erst als Günther kein Lebenszeichen mehr von sich gegeben hatte, hatte auch Mercia das Notfallprotokoll beendet.

„Damit eins klar ist, Jen", begann Herr Winter, der sich langsam, aber sicher wieder fasste.

Frau Winter legte ihm einen Finger an den Mund. Weitere Worte waren nicht notwendig.

Notfallprotokolle waren fürs Erste aus dem Programm gestrichen.

„Ich will ja nicht hetzen, aber wir sollten weg von hier", sagte Herr Winter zu seiner Frau. Er hatte sich langsam wieder gefangen und versuchte, den Kampf so gut wie es ging in die hinterste Ecke seines Verstands zu schieben. Jetzt wollte er nur noch weg und sich in eine dunkle Ecke der *Zaubergarten* verkriechen.

Mercias Projektion schwebte zu einer Wand. „Darf ich bitten?", sagte die KI. Mercia hatte eine Menge schlechter Nachrichten und überlegte bereits, wie sie die alle dem großen Kovaluktor beibringen konnte.

Ein Korridor öffnete sich mit schabendem Geräusch, und vor ihnen öffnete sich ein spärlich beleuchteter Tunnel. Sie ließen sich nicht zweimal bitten und hasteten hinein. Frau Winter hatten ihren Mann bei der Hand genommen und eilte mit ihm durch den Tunnel nach draußen.

Wenig später waren sie wieder im Dschungel angekommen. Die metallisch abgestandene Luft der Erbauer-Basis wich dem feuchten Dschungel. Frau Winter musste sich eingestehen, dass sie sich noch nie so sehr gefreut hatte, Insekten und Unkraut zu sehen.

„Uff!“, sagte Frau Winter, um die angespannte Atmosphäre aufzulockern.

Doch ihr Mann blieb still.

Für einen langen Moment atmeten die Winters schweigend durch und verschnauften. Doch etwas war anders als vorher. Von irgendwo kam ein Geräusch wie ein wütender Schwarm Hornissen.

„Hörst du das, Jen?“, sagte Herr Winter und versuchte, den Ursprung der Geräusche zu orten. Mit leichter Verunsicherung schaute er auf den Horizont, an dem sich eine beträchtliche Menge Objekte zu einem Schwarm formierten.

„Mercia?“, fragte Frau Winter und zeigte auf die Wolke.

„Ja, da haben wir echt ein Problem!“, begann Mercia. „Der Exekutor war ja schon eine schlechte Nachricht. Aber wir haben es hier mit einer kompletten Ploon-Vernichtungsflotte zu tun. Die haben uns ein komplettes Gewummer entgegengeschickt.“

„Na, wir sind doch wegen einer eigenen Armada hier“, antwortete Frau Winter. „Dann wird es mal Zeit, deine Kumpel zu wecken und auf die Ploon loszulassen, oder?“

„Ja, so in blanker Theorie hast du da recht“, sagte Mercia mit leicht gedämpfter Stimme.

„In Theorie?“ Frau Winter war von der Antwort nicht begeistert. „Erzähl mir nicht, ich hätte meinen Job vernachlässigt, bin ans andere Ende der Galaxis geflogen und habe meinen Mann dabei beobachtet, wie er einen außerirdischen Killer zermatscht hat, nur für eine ‚Theorie?‘“

„Öhm, das trifft es in etwa.“

„Was soll das denn heißen?“Frau Winter hatte nicht mit dieser Antwort gerechnet und hatte so langsam die Faxen der KI dicke.

„Na, die Ploon waren einen Mikro-Zacken schneller hier als wir und haben während unseres Kampfes gegen den Exekutor die zentrale Energieversorgung deaktiviert“, erklärte Mercia kleinlaut.

„Meinen Kampf! Ich habe das Ding besiegt!“, warf Herr Winter ein und deutete mit dem Zeigefinger auf sich selbst. Wenn er schon physisch und psychisch gelitten hatte, verdiente er auch die Lorbeeren.

„Das hast du auch richtig gut gemacht, Bruno!“, pflichtete seine Frau bei und legte ihm einen Arm auf die Schulter. Dieses Vorgehen klappte sowohl bei ihren Schulkindern, als auch ihrem Mann ganz hervorragend.

Frau Winter wandte sich wieder der Projektion von Mercia zu. „Also war der ganze Trip hierher, wie sage ich das nun charmant ... Völlig für den Arsch?“

Mercia schwieg und hoffte, dass der Ploon-Schwarm reichen würde, um sich kurzzeitig aus der Bredouille zu ziehen. Eigentlich war das alles Brunos Schuld, kalkulierte Mercia. Wäre er auf der Mondbasis nicht hungrig gewesen, wären sie mit einem Vorsprung von 67 Nanoploktronen vor den Ploon hier eingetroffen. Mercia nahm sich in einer der nächsten Ruhephasen vor, den Verdauungstrakt des Primaten durch ein wartungsfreies System zu ersetzen, damit sie nicht nochmal in einen solchen Schlamassel geraten würden.

Frau Winter schaute auf die dunkle Wolke, die immer näher kam. „Glaub ja nicht, dass wir hier fertig sind“, sagte sie zu Mercia und zeigte mit dem Finger auf die KI, „aber jetzt bring uns erstmal hier weg!“

Diesmal fragte Mercia nicht nach, sondern transportierte die Winters direkt auf die Brücke der *Zaubergarten*.

9

Erkwundinger hatte sich die vergangenen 2,789 Zyklen in seine Kabine zurückgezogen und sich ausgiebig den Riochdan extramordariert.

Er war nun im besten Geisteszustand, um den Kampf gegen die alten Feinde und ihre neuen Verbündeten anzutreten. In seiner Kabine hing ein Abbild der Erzfeinde der Ploon. Als Erkwundinger den geschmacklos eingerichteten Raum verließ, richtete er ein letztes Mal einen seiner Sekundärafter auf das Bild und ließ eine beträchtliche Menge verdauter Nährlösung darüberlaufen. Er nickte zufrieden und aktivierte mit einer Kommandoschaltung einen Reinigungs-Trupp, der die Kabine wieder auf Vordermann bringen würde.

Erkwundinger hatte für einen einfachen Kommandanten einen recht hohen Verschleiß an Reinigungstrupps und hatte seit ihrem Abflug vor 7 Zyklen bereits die Meldung bekommen, dass vier der Reiniger aufgrund suizidaler Tendenzen vorsorglich püriert worden waren.

Erkwundinger riss sich aus seinen Gedanken. Die Flotte war dem Ziel nah und benötigte nun einen Kommandanten auf der ganzen Höhe seiner physischen und psychischen Kapazität.

Die Raumflotte hatte einen Planeten der Klasse 18 erreicht. Der Ursprung der Signale und primäres Angriffsziel von Erkwundinger.

Er hatte die Rückmeldung bekommen, dass der Exekutor zerstört worden war, was ihn äußerst überraschte. Erkwundinger hätte am liebsten eine Tötungsbestätigung erhalten, dass der aktuelle Anführer ihrer Feinde exekutiert worden war. Immerhin hatten sie eine alte Anlage der Erbauer lahmlegen können. Wenigstens etwas!

Nun konnte er nur hoffen, dass die restliche Kommandostruktur bei der Glasierung des Planeten gleich mit flöten ging.

Doch bevor er sich nun den Planeten vornehmen konnte, hatte er es mit einer Abwehrflotte der alten Feinde zu tun. Die Erinnerungen der aufgenommen Geglommerten versetzten ihn in einen angenehmen Erregungszustand.

Die Ploon waren kein sehr emotionales Volk. Da sie früher oder später ohnehin in die Suppe aufgenommen wurden und ihr Schicksal seit dem Zeitpunkt der Extraktion aus der Suppe feststand, war ihr Leben mehr oder weniger vorbestimmt.

Doch die Suppe sorgte dafür, dass sie die Schlachten liebten. Es gab keine größere Ehre, als im Kopf für die Ideale der Ploon zu fallen und umgehend in die Suppe zurückgeführt zu werden.

Erkwundinger betrachtete das zentrale Display in der Mitte seiner Kommandozentrale. Die erwartete Abwehrflotte bestand aus gerade mal einem Schiff, das wie bestellt und nicht abgeholt schief im Orbit hing.

Erkwundinger hatte zumindest mit einer kleinen Flotte gerechnet, aber nur ein Schiff enttäuschte ihn ein wenig.

„Erster Visualisierer Kammarz. Sehe ich das richtig, dass die alten Feinde uns nur ein Schiff zur Verteidigung ihrer Welt entgegenstellen?“ Er richtete seine Sprachwerkzeuge zu einer äußerst nervös zusammenzuckenden Gruppe Ploon, die mit ihren mentalen Kräften das Abbild der gegnerischen Schiffe projizierten.

Visualisierer hatten überdimensionierte Köpfe, die ständig unruhig pulsierten. Erkwundinger hätte die ganze Bande am liebsten durch eine der Schleusen in den Hyperraum befördert. Das Pulsieren machte ihn nervös.

„Ja, Erkwundinger, o erster Kommandant", begann Kammarz, nur, um in der Mitte der Namensnennung unterbrochen zu werden.

„Verzichte auf meinen vollen Namen, sonst werden wir hier ja nie fertig", rief Erkwundinger barsch.

„Verzeihe bitte, o Herr", antwortete ein ausgesprochen nervöser Kammarz.

„Erläutere er." Erkwundinger bemühte sich um eine gönnerhafte Haltung. Kommando-Ploone waren normalerweise nicht für ihre Nächstenliebe bekannt. Die Visualisierer gingen geschlossen hinter ihren Steuerkonsolen in Deckung.

„Du hast Recht, Herr. Es handelt sich nur um ein Schiff der Würger-Klasse mit der üblichen Anzahl an begleitenden Gir-Drohnen", ergänzte Kammarz. Der Visualiser-Ploon fuhr eines seiner Stielaugen aus und nickte damit.

„Hmm", antwortete Erkwundinger mit feuchter Stimme. Er streckte einen seiner Sekundärrüssel aus und hielt ihn in einen Anschluss für Nährlösung. Ein schlürfendes Geräusch erfüllte die Zentrale. Dann drehte er seinen Kommandosessel in Richtung der Kalkulatoren, die augenblicklich zusammenzuckten.

Kalkulatoren waren in einer Ploon-Flotte für die Zahlen und Ressourcen verantwortlich. Wenn Erkwundinger außer Rubanbatoren und belanglosen Radiosendungen eines wirklich hasste, waren es Kalkulatoren. Er empfand sie als vollkommen nutzlos und nicht kriegsentscheidend. Er hatte immer das Gefühl, man bemannte die Kommandoschiffe nur aus reiner Bosheit mit den Burschen.

„Zweiter Kalkulator Vyyl. Erinnere mich bitte: Wie viele Schiffe umfasst unsere Flotte aktuell?"

Erkwundingers Frage war rhetorisch. Er kannte alle Gefechtsparameter auswendig. Immerhin war er zum dritten Mal geglommert und hatte das Wissen von drei Generationen.

Der zweite Kalkulator richtete sich ein wenig auf und projizierte einige Schriftzeichen auf das zentrale Display. „Großer Erkwundinger. Nach Abzug der 37 Begleitschiffe, die Ihr vor 2.34 Zyklen wegen Nichteinhaltung der allgemeinen Hygienerichtlinien an Bord von Kriegsflottenschiffen terminiert habt, besteht unsere aktuelle Flotte aus 222.355 Schiffen. Davon sind inklusive des Kommandoschiffes 11.200 der Erstschlagklasse."

„Ja, ja, das genügt!", wimmelte ihn Erkwundinger ab. Es deckte sich mit seinen Informationen. Ergab aber weiterhin keinen Sinn. Das waren die alten Feinde? Ihre Ur-Nemesis?

„Wir haben also ohne die Gefechtsdrohnen 222.354 Schiffe mehr?", fragte er nach. Erkwundinger hatte so eine Vorahnung, dass irgendwas nicht in Ordnung war. Die Feinde arbeiteten nicht in den gewohnten Parametern.

Die Kalkulatoren stimmten einstimmig zu.

„Aber das macht doch überhaupt keinen Sinn", sagte der Kommandant und rutschte nervös hin und her. „Es hat den Anschein, dass die das nicht einmal ernst meinen, oder?"

Die letzte Frage stellte Erkwundinger offen an den Kommandosaal. Doch niemand seines Personals antwortete. Ploon waren nicht mit dem Konzept rhetorischer Fragen vertraut und hatten die Eigenheit, alles immer sehr penibel zu nehmen. Speziell Kommando-Ploone.

Es folgte eine unangenehme Stille.

„Herr Erkwundinger?", meldete sich ein niederer Stratege aus einer sehr abgelegenen Ecke des Kommandosaals.

Es war ein Ungeglommerter, der hier mit seinem Schicksal spielte.

Einen Kommando-Ploon ungefragt anzusprechen und noch dazu, ohne geglommert zu sein, kam einer Extraktion aus der Ursuppe gleich. Er hatte anscheinend die Atmosphäre im Raum nicht gedeutet, sonst hätte er die Klappen gehalten. Einige seiner Kameraden in der Nähe schluckten und wandten sich ab, als ob sie die Lautmeldung nicht gehört hätten.

„Ich höre?“ Der arme Stratege hatte auf einmal die volle Aufmerksamkeit seines Kommandanten.

„Ihr müsstet das Display einmal etwas anpassen“, sagte er unbekümmert und ahmte mit einem seiner Pseudogliedmaßen eine verstellende Bewegung nach.

Die gesamte Kommandobrücke stoppte die Aufnahme von Methan angereicherter Luft durch ihre Tracheen. Der Stratege hatte einen Kommandanten korrigiert!

„Ach ja? Erleuchte mich bitte!“, sagte Erkwundinger, ohne die Stimme zu verändern. Er überlegte bereits, wie er hier ein Exempel statuieren konnte. Eigentlich lag ihm Gewalt nicht, aber der Stratege legte es ja fast auf ein Säurebad an.

„Ich meine so“, fuhr der Ungeglommerte unbekümmert fort. Der Stratege wusste es nicht besser und nutzte einen Teil seines Bewusstseins, um die Darstellung des zentralen Displays ein wenig anzupassen. Die Perspektive verschob sich, als die Ausmaße des feindlichen Schiffes zur Ploon-Flotte sichtbar wurde.

Es sah aus, als ob ein mittelgroßer Mond einem winzigen Schwarm Mücken gegenüberstünde. Erkwundinger hatte in der Aufregung und Vorfreude auf die Schlacht die doch beachtlichen Unterschiede in der Größe der alten Feinde und der Ploon vergessen.

„Hmm“, machte der Kommandant. Er war tatsächlich von dem fast schon naiven Mut des Strategen beeindruckt.

„Niederer Stratege“, sprach er den Ungeglommerten an.

„Ja, o Herr?“, kam die Antwort völlig ungeniert. Entweder war der Stratege nicht mit den Gepflogenheiten an Bord eines Kommandoschiffes vertraut oder schlicht und ergreifend übergeschnappt.
„Wie ist dein Name?“
Erkwundinger hatte nun das Konzept der rhetorischen Sprache perfektioniert und würde es bei der Rückkehr in die Ursuppe an weitere Generationen weiterglommern. Er wusste nur zu gut, dass der Stratege keinen Namen hatte. Namen verdienten sich die Ploon durch das Glommern aus der Ursuppe. Und alle hatten spezielle Bedeutungen. Erkwundinger bedeutete „Freudig erregter sekundär Kommandant mit kurzen Rüsseln“, ein Name, den er mit Stolz und Ehre trug. Kurze Rüssel waren ein Zeichen für hohe Fruchtbarkeit und Kunstgeschmack bei den Ploon.
„Herr, ich bin namenlos, unwichtig und geschmacklos“, antwortete der Stratege unterwürfig. Er ließ in Demut alle Pseudogliedmaßen sinken.
Erkwundinger genoss den Moment, um etwas zu tun, das niemand im Kommandosaal erwartete. Seinen Führungsstil hatte er einmal bei einem Interview des planetaren Rundfunks auf Sopa Sekundus als originell, kreativ und nur notwendigerweise grausam beschrieben.
„Du bist hiermit erster Stratege. Melde dich nach Abschluss der Schlacht auf Entmolchungslevel 7 und lass dir für 1.58 Zyklen eine Auswahl Mätressen zuweisen!“, sagte der Kommandant so laut, dass einer der Ausscheider auf der Brücke explodierte.
Erkwundinger war sich sicher, dass er mit diesem Verhalten ein weiteres Interview herausholen konnte. Es gab keine größere Ehre für einen Ploon, außer vor dem Glommern noch ins Radio zu kommen.
„Danke, Herr!“, kam die perplexe Antwort. Damit hatten weder der Stratege noch seine Kollegen gerechnet. Sie waren meistens froh, solche Missionen

überhaupt mit allen Organen zu überleben. Erkwundinger machte keinen Hehl daraus, dass er ihre Gruppe für überflüssig hielt.

Dann zog Erkwundinger eine Markierungspistole aus einem Pult und schoss dem Strategen eine Farbmarkierung an den Kopf.

Der Rest der Kommandozentrale blieb sprachlos. Das Verhalten von Erkwundinger war vollkommen ungewöhnlich.

Erkwundinger drückte einen Knopf an seinem Kommandopult. Eigentlich benötigte er weder einen Pult noch Knöpfe, aber hin und wieder hatte er ein Faible für das Visuelle.

Ein Mikrofon schob sich in Richtung von Erkwundingers Sprechwerkzeugen.

„Eine Einheit Metapürierer auf die Brücke. Alle Visualisierer, bis auf den gelb markierten, umgehend recyceln und ersetzen. – Seht ihr, das hättet ihr Euch wirklich sparen können“, sagte er zu den Visualisierern, unter denen gerade Panik ausbrach.

Hätte man ihm das Schiff in richtiger Perspektive gezeigt, so hätte er sich das ganze Theater schenken können. Er hoffte nun, dass die Beförderung des Strategen ihr Übriges für die Truppenmoral in der Zentrale tun würde.

Zumindest für alle, außer den Visualisierern, denn deren Schicksal war besiegelt. Ein enttäuschtes Raunen ging durch ihre Reihen, als die Metapürier auf der Brücke erschienen. Ploon waren normalerweise einem irdischen, altmodischen Verkehrspylonen mit Pseudogliedmaßen und Auswüchsen nicht unähnlich. Metapürierer sahen aus, als ob man einen Ploon einmal auf den Kopf gedreht und am Kopfende einen überdimensionierten Mixer befestigt hätte. Sie wurden vielfältig in der Ploon-Gesellschaft eingesetzt. Ihr Aufgabenspektrum lag irgendwo zwischen dem Reparieren verstopften Latrinen und Bestrafung von Insubordination.

„Ich hatte wirklich vergessen, wie groß diese Typen sind", murmelte Erkwundinger vor sich her, während die 12 Visualisierer im Raum die letzten Augenblicke ihrer Existenz genossen.

10

Auch wenn Frau Winter Raumschiffe nicht unbedingt mochte – und außerirdische Kriegsschiffe schon gar nicht – war sie froh, wieder zurück an Bord der *Zaubergarten* zu sein.

Ihr Mann streifte gerade die letzten Reste seines ramponierten Schutzanzuges ab und warf sie fluchend in eine Ecke. Dann verschwand er in ihrer Kabine. Wenige Minuten später hörte ihn seine Frau laut schimpfen

Herr Winter verfluchte die Tatsache, dass er keinen Alkohol an Bord geschmuggelt hatte. Frau Winter selbst hätte jetzt gern ein Glas zur Beruhigung gehabt. Die Ereignisse auf dem Planeten waren ausgesprochen aufreibend gewesen.

Sie blickte sich in der Zentrale um und dann an sich herab.

Frau Winter gefiel die silberne Kombination, die die Schiffssysteme nach Mercias Vorgaben produziert hatten, allerdings. Sie hatte sich dazu entschieden, den Anzug anzubehalten. Sie folgte ihrem Mann in die Kabine.

Herr Winter schleuderte gerade den letzten verbliebenen Teil seines Brustpanzers auf den Boden. Seine Frau war sich sicher, dass er sich den Ausflug ganz anders vorgestellt hatte.

„Bruno“, sagte sie fürsorglich.

„Ja, Liebes?“ Er hielt inne und nahm ihre ausgestreckte Hand.

„Bist du in Ordnung?“, fragte sie und kam einen Schritt näher, um ihren Mann zu umarmen. Er erwiderte die Umarmung fest.

„Ja, Hase. Wir schaffen das schon“, sagte er leise und kniff die Lippen zusammen.

„Hase!“ Sie lachte. „So hast du mich ja schon ewig nicht mehr genannt.“

Er stimmte in das Lachen ein. So leicht ließ er sich dann doch nicht unterkriegen.

Eine Erschütterung ließ beide aufschrecken und zurück in die Zentrale eilen. Mehrfach fielen sie fast auf den Boden und mussten sich gegenseitig stützen.

Bruno Winter hatte in seinem Leben schon viele Displays gesehen. Heutzutage gab es kaum noch etwas, was nicht irgendwo ein Display hatte. Kaffeemaschinen, persönliche elektronische Assistenten, bis hin zur schnöden Toilette. Was hatte sich seine Frau geweigert, eine von diesen neojapanischen Toiletten zu kaufen, die nicht nur vollautomatisch reinigten, sondern auch über ein Display verfügten.

„Ich führe nun mal gerne Protokoll und weiß über meinen Körper Bescheid“, hatte er damals argumentiert.

Die Antwort seiner Frau hatte lediglich aus einer hochgezogenen Augenbraue und der Frage „Wirklich, Bruno?“ bestanden.

Er hatte die Frage damals nicht beantwortet und die Toilette trotzdem gekauft.

Es hatte sich herausgestellt, dass frukdalesische Pseudo-Fleischbällchen auch eine Kyoto Serie-2220 an die Grenze ihrer olfaktorische Analysefähigkeiten bringen konnten.

Doch das Display, das holographisch in der Mitte der stattlichen Kommandozentrale schwebte, war ihm neu. Mercia hatte es erst jetzt aktiviert. Das Licht der Zentrale war gedimmt und schimmerte rötlich.

„Gefechtsmodus aktiviert“, kommentierte Mercia die Situation. „Energieschirme wurden aufgebaut, Waffensysteme sind bereit und warten auf Befehle. Flanellgrüner Alarm!“

„Flanellgrün?“, fragte Herr Winter und schaute seine Frau an. „Das warst du doch schon wieder, oder? Schatz, in dieser Situation ruft man den roten ...“

„Ich weiß, Hase“, unterbrach ihn seine Frau. „Ich wollte was, was mehr zu meinen Augen passt. Warte mal ab, welche Farbe ich für die neue Außenhülle gewählt habe!“

Herrn Winter blieb nichts weiter übrig, als das Gesicht zu einem gequälten Lächeln zu verziehen. Zuhause durfte er nicht einmal die Farbe der Küchenschränke mitbestimmen. Es würde ihn nicht wundern, wenn das Kriegsschiff bald in Malve oder Flieder erstrahlen würde. Dann ging näher an das Display.

Er konnte Farben sehen, die er nicht für möglich gehalten hatte. Das ganze Ding wirkte wie nicht für Menschen gemacht.

„Schatz, ich nehme an, das Blaue hier“ – er zeigte auf ein Hologramm, das den Umrissen der *Zaubergarten* bedeutend ähnlich sah – „das sind wir.“

„Und die Roten, das sind wohl die bösen, nehme ich an“, erklärte er fachmännisch. Herr Winter nickte zuversichtlich und gestikulierte, als ob er sein Leben lang nichts anderes gemacht hätte.

Dann erfasste eine weitere Erschütterung das Raumschiff.

„Mercia!“, rief Frau Winter erschrocken. Sie kannte Raumschlachten nur aus Nachrichten, und selbst da schaltete sie meistens weiter.

„Entschuldigung, Frau Winter. Die Ploon greifen bereits mit Destruktoren und Null-Feld-Generatoren an. Ich habe den n-dimensionalen Schutzschirm noch weiter gestaffelt, so dass wir einiges an Zeit gewonnen haben."
Frau Winter schaute mit vorgetäuschter fachmännischer Mine auf das holographische Display, auf dem sich die roten Dingelchen sehr nah an die blaue Dingelchen annäherten. Sie versuchte, sich daran zu erinnern, was sie in den letzten Nachrichten zum Io-Konflikt gesehen hatte. Ein paar Raumpiraten hatten Transportschiffe der Handelsunion angegriffen. Die Details waren ihr entfallen. Bruno war immer gut informiert, aber sie wollte sich die Blöße nicht geben.
„Was sind denn unsere Optionen hier, Mercia?", fragte Frau Winter, die sich wie ein Politiker fühlte: Sie hatte das Sagen, ohne die geringste Ahnung zu haben.
„Wie wäre es mit diesen Gwundeldingens?", schlug Frau Winter vor. „Diese Zeitwaffen, die Bruno so gefräßig gemacht haben?"
„Allmächtiger Koval... ich meine, Frau Winter", begann Mercia die Antwort.
Der Fehler war beabsichtigt. Mercia mochte weder den eigenen noch den Namen, den sich der große Kovaluktor selbst gegeben hatte. Die KI hatte sich vorgenommen, so lange damit weiterzumachen, bis sie Erfolg hatte. Anscheinend war das bei Menschen unter dem Namen „Pubertät" weit verbreitet.
„Taktische Gwundelpartikelprojektorkanonen würde ich aktuell nicht vorschlagen", fuhr Mercia fort. „Wir haben einen Ploon-Schwarm mit ... Aber ach, das würde dich ohnehin nicht interessieren. Aber wenn du aktuell deine temporale Integrität behalten willst, sind Zeitwaffen hier einfach keine gute Idee."
„Gefräßig?" Herr Winters Versuch, die Aufmerksamkeit auf ihn zu lenken, misslang.
Obwohl Frau Winter keine Ahnung hatte, was eine temporale Integrität war, akzeptierte sie die Antwort.

Mercia hatte sich demonstrativ zwischen ihm und Frau Winter positioniert. „Wir können den Schwarm ausschleusen“, schlug Mercia vor. Einige sehr plastische Animationen auf dem zentralen Display zeigten Dinger, die sich wie Raubvögel auf die Gegner stürzten.

„Das sind wohl Drohnen, Schatz“, kommentierte Herr Winter. Er nickte fachmännisch.

„Nicht im Geringsten“, sagte Mercia in fast barschem Ton. „Es handelt sich um volatile, mobile Angriffs-Konstrukte der Gir-Klasse.“

„Hmm, okay.“ Herr Winter war enttäuscht und versuchte, es sich nicht anmerken zu lassen.

Es waren Drohnen, aber den Erfolg gönnte Mercia dem biomechanischen Primitivling nicht. Je länger die KI mit den zwei verbrachte und die Datenbanken der Menschen studierte, desto mehr Persönlichkeitsmuster und Subroutinen bildeten sich. Und ein Großteil davon kategorisierten den Geschlechtspartner der Kovalukta als Störfaktor.

Mercias Projektion wandte sich wieder zu Frau Winter. „Der Schwarm ist gefechtsbereit und wird bei einer Ploon-Flotte dieser Zusammensetzung und Größe zu 77 % erfolgreich sein. Schwärme der Gir-Klasse haben allerdings ein eigenes Bewusstsein und können manchmal etwas bockig sein.“

„Wie kann denn ein Waffensystem ‚bockig‘ sein, bitte?“, fragte Herr Winter ungläubig. Für ihn hatte die KI schon einen zu großen eigenen Willen.

Wenn jetzt auch noch die Waffen machten, worauf sie Lust hatten, konnten sie sich ja gleich den Ploon ergeben.

Doch Mercia antwortete nicht auf die Frage. Der Primitivling war mit Rechten der Klasse 2.2 ausgestattet. Das genügte nicht, um in einer Gefechtssituation erhört zu werden. Sollten diese Unterbrechungen anhalten, würde Mercia ein Stasisfeld um den Primaten legen.

„Schwarm! Oha! Das klingt genau wie meine Idee“, sagte Frau Winter. Sie schnippte zustimmend mit den Fingern.

Dann nickte sie Herrn Winter gönnerhaft zu. „Was ich immer sage: Wenn die Sache knapp aussieht, nehmen wir den Schwarm.“

Herr Winter zuckte mit den Schultern. Er hatte das Gefühl, dass seine Frau ohnehin machen würde, was sie am Ende wollte. Egal, ob es das Frühstücksbrötchen oder die Farbe des neuen Gleitfahrzeugs war. Sie suggerierte ihm immer völlige Entscheidungsfreiheit und manövrierte ihn dann doch immer zu ihrem Willen. Auch nach all den Jahren der Ehe hatte er noch kein Patentrezept dagegen entwickelt. Den Rehaugen konnte er einfach nicht widerstehen.

„Oder ...“, begann Mercia und wurde mitten im Satz von Herrn Winter unterbrochen.

Dieses so harmlos wirkende „oder“ hatte ihn völlig unvorbereitet getroffen. Von allen möglichen Situationen hätte das auf keinen Fall in einer Raumschlacht passieren dürfen!

„Neineinenein!“, rief Herr Winter. „Keine Entscheidungsfrage!“

Entscheidungen waren die Achillesferse seiner Frau. Sonst so eloquent und um keinen Spruch verlegen, warfen sie Entscheidungen meistens völlig aus dem Konzept. Einen schlechteren Zeitpunkt als jetzt hätte sich die KI nicht aussuchen können.

Seine Frau warf ihm einen finsteren Blick zu.

„Oder ... “, fuhr Mercia fort und ignorierte Herrn Winter. „Wir hätten noch den Singularitätsprojektor.“

Die KI verstand das Gewese des Primaten nicht. Es war Mercias Aufgabe, den Kovaluktor mit allen möglichen Gefechtsoptionen zu versorgen. Noch so ein Spruch und dann würde der Akkustikblocker zum Einsatz kommen. Vielleicht sogar eine der nahen Luftschleusen.

„Singularität?“, fragte Frau Winter. Sie hatte den Begriff schon einmal gehört, konnte ihn aber nicht mehr einordnen.
Herr Winter wollte antworten, dass es sich um Schwarze Löcher handelte, aber hatte Angst, schon wieder falschzuliegen. Er wollte der KI nicht noch eine Steilvorlage bieten.
„Es handelt sich um ein mobiles Schwarzes Loch“, kommentierte Mercia mit einem gewissen schnippischen Unterton. Unter die sonst so neutral maschinelle Stimme der KI mischten sich mittlerweile verschiedenste Emotionen.
„Schwarze Löcher? Als Waffe?“, unterbrach Herr Winter. Immer wenn er glaubte, diese Erbauer hätten schon alle Tricks ausgespielt, kam Mercia mit einem neuen Spielzeug um die Ecke. Schwarze Löcher? Das hatten nicht einmal die Olmekuten in ihrem Arsenal gehabt, als sie das eine und einzige Mal eine Stippvisite im Sol-System gemacht hatten, um die Menschheit einzuschüchtern. Die Außerirdischen waren die arrogantesten Burschen gewesen, die der Menschheit je begegnet waren. Herr Winter vermutete, dass mit ein paar Schwarzen Löchern auch die erste Begegnung mit den Olmekuten anders verlaufen wäre.
Mercia blieb still und schwebte vor Frau Winter. „Der Singularitätsprojektor ist ebenfalls voll gefechtsbereit. Diese Waffe hat allerdings größeres Vernichtungspotenzial“, antworte Mercia mit fast schon unheilvoller Stimme.
„Schwarm oder Schwarze Löcher?“, fragte Frau Winter in den Raum. Sie wandte sich zu ihrem Mann. „Was meinst du, Bruno?“
„Ich bin zwar froh, dass ich endlich beachtet werde, aber, Jen: Das ist nicht die Frage nach Rot- oder Weißwein. Ich meine: Schwarze Löcher, einfach so?“ Herr Winter hoffte insgeheim, dass Mercia ihnen die Entscheidung abnehmen würde. Er wandte sich an Mercia. „Habt ihr keine Laser, Photonentorpedos oder Transformkanonen? Meinetwegen auch eine BFG9000, aber müssen es gleich Schwarze Löcher sein?“

„Bruno, Bruno, Bruno“, begann Mercia und bemühte sich um den spöttischsten Tonfall, den die Tonmodulatoren der KI hinbekamen.
Frau Winter sah, dass sie hier für ihren Mann in die Bresche springen musste.
„Du hast recht, Schatz“, seine Frau nickte bestimmt.
Frau Winters Kenntnisse in Astrophysik hielten sich in Grenzen. Aber sie wusste, dass die meisten vernünftigen Raumfahrer einen Bogen um Schwarze Löcher machten.
Eine starke Erschütterung erfasste das Raumschiff. Irgendwo explodierte etwas und machte einen Höllenlärm. Die Luft schmeckte nach Asche und Aluminium.
„Jen!“, rief Herr Winter. In seiner Stimme lag Angst.
Frau Winter hob instinktiv den linken Arm mit dem Artexomal und zeigte auf das Display.
„Mercia, wir nehmen den Schwarm!“, sagte sie mit fester Stimme.
„Verstanden, Frau Winter. Nur für das Gefechtsprotokoll: Du willst wirklich den Schwarm?“
Herr Winters Kopf kollidierte mit einer Steuerkonsole.
„Hmm“, sagte Frau Winter, die den Nahezu-Kollaps ihres Mannes nicht mitbekam. „Können wir hier vielleicht doch mal kurz eine Pro- und Kontra-Liste machen?“ In Ihrer Stimme lagen wieder Zweifel.
„Schatz, ich will nicht hetzen, aber eine Flotte außerirdischer Kriegsschiffe greift uns mit Nulldingens an!“ Herr Winter verlor langsam die Geduld und das letzte bisschen Kontrolle über seine Blase. „Erst schießen und dann fragen. Bitte, Jen!“
„Nullfeldgeneratoren“, korrigierte Mercia und hätte eine Augenbraue hochgezogen, wenn die KI denn über Augenbrauen verfügt hätte.
„Hmm“, sagte Frau Winter, der langsam aber sicher klar wurde, dass sie nicht die geringste Ahnung hatte, was sie hier auslöste. Am ehesten konnte sie noch etwas mit dem schwarzen Loch anfangen und entschied sich dagegen.

„Mercia, wir nehmen den Schwarm!“, rief sie und schlug mit der Faust auf die Lehne ihres Sessels. Sie kniff leicht die Augen zusammen, als ob sie erwartete, dass ihre Entscheidung falsch war.

Mercias normalerweise sehr schimmerndes Konstrukt wurde matt und gräulich.

„Ich schaue mal, ob sie Lust haben“, sagte Mercia und wurde still.

Herr Winter schüttelte den Kopf. Er hätte lieber das Schwarze Loch genommen. Und die Drohnen musste man wohl erstmal nach ihrem Befinden fragen. Wie einen Teenager, der den Müll rausbringen soll. In Herrn Winters Lieblingsfilmen verliefen Raumschlachten immer mit wesentlich mehr Wumms und weniger Diskussion.

„Gir-Drohnen wurden aktiviert und der Angriffsbefehl übertragen“, sagte die KI mit ungewohnt neutraler Stimme. Das Licht in der Zentrale verdunkelte sich.

Herr Winter versuchte, mit dem rechten Zeigefinger auf Mercia zeigend irgendwie bedrohlich oder autoritär zu wirken. „Ha! Ich habe es doch gewusst!. Es sind Drohnen!“

Mercia ignorierte ihn weiterhin. Grade veränderte die KI ihre Form und wurde kreisrund.

„Kontakt zur Ploon-Flotte!“, rief Mercia aus. „Gir-Geschwader greift an!“

Die Winters konnten beobachten, wie auf dem zentralen Bildschirm auf einmal Massen an kleinen blauen Punkten erschienen, die sich wie ein Schwarm hungriger Insekten auf die roten Punkte stürzten. Es gab ein Hin und Her und wieder und wieder erschütterte die *Zaubergarten*. Sie starrten gespannt auf das gewaltige zentrale Display, wo sich immer wieder die Farben verschoben. Mal waren mehr Rote zu sehen, mal hatten die Blauen die Überhand.

Herr Winter hatte sich eine Raumschlacht wesentlich spektakulärer vorgestellt. Mit Explosionen oder wilden Jagdmaschinen, die sich zwischen großen Kreuzern beschossen. Er erinnerte sich an einige seiner Lieblingsszenen aus Filmen, und da hatten diese Kämpfe wesentlich mehr Adrenalin verbreitet als das hier.

Auf diese Art war das Ganze steril. Rote Lichter, blaue Lichter. Dann mal mehr, mal weniger.

Herr Winter hätte im Leben nie gedacht, dass er einen Kampf zweier außerirdischer Armeen im Weltall mal als langweilig empfinden würde. Wenn nicht die akute Gefahrensituation gewesen wäre, dann hätte er sich einen stillen Platz für ein Nickerchen gesucht. Laut seiner Frau konnte er immer und überall schlafen, also warum nicht auch während einer Raumschlacht? Glücklicherweise hörte seine Frau nicht, dass er leise gähnte.

„Mercia? Wie sieht es aus? Brauchen wir dieses Schwarzlochdingens noch?", fragte Frau Winter. Sie fühlte sich ungewohnt nutzlos. Raumschlachten, Waffensysteme und Astrophysik waren alles nicht ihre Metiers.

Mercia blieb stumm und reagierte nicht.

Herr Winter hatte inzwischen die Hand seiner Frau fest umschlossen, denn sie zitterte. Er fühlte, dass sie sich nichts anmerken lassen wollte, doch er kannte sie gut genug, um zu wissen, dass sie gerade panische Angst hatte. Er strich ihr eine Locke aus der Stirn und konnte fühlen, dass sie schwitzte.

Minuten vergingen, in denen das Ehepaar die Übersicht verlor. Dann war es auf einmal still. Nur der Geruch nach Aluminium blieb, der auf einmal einen Hauch von Marzipan hatte. Die Explosionen hatten aufgehört und waren einem leisen Brummen gewichen.

„Mercia!", rief Frau Winter mit bebender Stimme.

Doch die KI war still.

„Mercia!", wiederholte sie, und weiterhin blieb die Antwort aus.

Es folgten einige sehr laute Momente der Stille, in denen die Winters sich die Hände hielten und auf das Beste hofften.

„Uff!", durchbrach Mercia auf einmal die Stille. Die Stimme klang erschöpft.

„Und?", fragte Frau Winter ungeduldig.

„Ich brauch erstmal einen anständigen Drink!“, sagte die KI und machte ein Geräusch, als ob sie durchatmete.
Frau Winter verfluchte die Tatsache, dass die Projektion keine Ohren hatte, die sie langziehen konnte.
„Mercia!“, rief Frau Winter scharf. „Haben wir gewonnen?“
Tief in Mercias Subroutinen hatten sich einige Algorithmen gebildet, die dem menschlichen Sarkasmus nicht unähnlich waren. Einige Sekundenbruchteile lang hatte Mercia als primäre Antwort „Na, was denkt ihr denn? Würden wir dann noch atmen, wenn uns die Ploon zu Schrott zerschossen hätten?“ vorbereitet. Nur die Kommandoroutinen, die die Autorität des großen Kovaluktors über alles setzten, verhinderten diese Antwort. Außerdem musste Mercia nicht atmen, daher wäre diese Antwort kausal falsch gewesen.
„Grade ebenso so, Frau Winter! Nicht übel, nicht übel, was wir da geleistet haben!“, berichtete Mercia mit einem ungewöhnlichen Schwung in der Stimme. „Wenn man bedenkt, dass der alte Kahn hier seit geraumer Zeit in einem Wartungshangar vor sich hingegammelt hat.“
Die Winters tauschten einen vielsagenden Blick aus.
„Allerdings hat das primäre Kommandoschiff zu starke Schilde und ein paar der Gir-Drohnen hatten Gefechtsangst und sich geweigert anzugreifen. Im Großen und Ganzen war es aber nicht schlecht.“
„Nicht übel? Im Großen und Ganzen? Nicht schlecht? Solltet ihr Computerintelligenzen nicht mit Fakten und neutralen Daten arbeiten? Was ist denn bitte ‚im Großen und Ganzen‘?“, wollte Frau Winter wissen. Ihr wurde die KI langsam selbst ein wenig zu emotional.
„Wir sind gerade von einer außerirdischen Armee angegriffen worden, und Bruno hat vor Angst fast einen Herzinfarkt bekommen. Da kann ich wohl ein wenig mehr erwarten als ‚war nicht übel‘“, protestierte sie weiter.

Herr Winter wollte einwenden, dass er zwar ein wenig aufgeregt war, aber fern von einem Herzinfarkt. Die bereits gehobene Hand senkte er sicherheitshalber. Er entschied sich, zu schweigen. Seine Gesundheit lag schon seit Anfang ihrer Ehe in den Händen seiner Frau. Und wenn sie sagte, er hätte einen Herzinfarkt, dann konnte er nur hoffen, dass es an Bord der *Zaubergarten* irgendwo einen Defibrillator gab.

Mercia hingegen war etwas enttäuscht. Einige Subroutinen waren seit Tagen mit der Synthese menschlicher Emotionen und Charaktere beschäftigt. Die KI hatte gehofft, dass sie so einen besseren Zugang zum großen Kovaluktor bekommen würden, so ungewöhnlich das Vorgehen auch war. Die Erbauer hatten jedenfalls auf einen solchen Mumpitz immer vehement verzichtet.

„Mercia!“, rief Frau Winter ungeduldig.

„Verzeihung. Ich habe schon seit 5.78 Ploktronen keine Kampfhandlungen mehr erlebt. Da ist wohl die Hitze des Gefechts mit mir durchgegangen.“ Mercia bemühte sich um einen versöhnlichen Tonfall. „Aber bevor die Ploon anfangen, ihre wirklich effektiven Waffensysteme zu benutzen, schlage ich vor, dass wir den Dunkelschildreaktor aktivieren und von hier verschwinden.“ Mercias Stimme klang auf einmal sehr besorgt.

Auf dem zentralen Holodisplay formierten sich die Reste der Ploon-Armee und kamen schnell näher. Es sah aus wie ein wütender Schwarm Hornissen.

Was „wirklich“ effektive Systeme waren, wollten weder Frau noch Herr Winter wirklich wissen.

„Frau Winter?“, fuhr Mercia fort. „Der Ploon-Kommandant wünscht, mit dir zu sprechen.“

Die Winters drehten sich beide synchron zu Mercia um.

„Oha, hat er doch die Hosen voll, was?“, sagte Frau Winter mit fester Stimme.

Nur eine Hand voll Menschen hatten jemals direkten Kontakt mit Außerirdischen gehabt. In Frau Winter stieg die Nervosität.

„Ploon tragen keine Hosen“, antwortete Mercia sachlich. „Möchtest du trotzdem mit ihm reden?“

Mercia hatte im Omni-Net herausgefunden, dass weibliche Menschen nur mit wenigen Ausnahmen mit jemandem redeten, der keine Hosen trug. Obwohl Diplomatie nicht unbedingt zu den Stärken von Mercia gehörte, nahm sich die KI vor, zukünftig besonders auf Beinkleider zu achten.

„Was tragen sie denn stattdessen? Muss ich da irgendwas beachten? Gibt es ein Zeremoniell?“ Frau Winter war auf einmal ganz aus dem Häuschen. „Duzt man die? Oder soll ich sie siezen? Haben die irgendwelche Pronomen? Und Bruno: Wie sehen meine Haare aus?“ Frau Winter drehte sich zu ihrem Mann.

„Schatz, das ist ein Alien, das uns töten will, ich glaube nicht, dass es sich für deine Frisur interessiert!“, antwortete ihr Mann und schüttelte den Kopf. Seine Frau und ihre Haare konnten bisweilen äußerst komplex sein. Eine Eskalation, die Herr Winter gerade jetzt nicht brauchen konnte. Die Haarfrage versuchte er seit 27 Jahren vergeblich zu beantworten.

„Mercia, hast du mal einen Spiegel für mich? Und ich brauche meinen Kulturbeutel“, sagte Frau Winter bestimmt. „Sag dem Ober-Ploon, dass ich noch eine Minute brauche!“

Herr Winter wusste genau, was diese „Minute“ bedeutete. Nämlich einen gewaltigen Riss im Raum-Zeit Kontinuum.

„Jen!“, rief er laut.

Seine Frau ließ von ihren Haaren ab und setzte sich wieder. Frau Winter konnte den flehenden Blick ihres Mannes förmlich in ihrem Nacken spüren.

„Ich beeile mich ja schon“, sagte sie, wenig überzeugend.

Sie sortierte noch ein wenig ihren Pony … warf sich in Position … änderte ihre Position … stand auf … hielt eher ihre rechte Seite vor den Monitor … dann die linke … leichtes Lächeln … wenig Lächeln … die „Hab-ich-da-was-zwischen-den-

Zähnen"-Frage ... Busen mit den Armen zurechtrücken ... sich daran erinnern, die eigene Anatomie nicht zum Vorteil einzusetzen ... sich erneut zurechtrücken ... sich daran erinnern, dass der Busen zu teuer gewesen war, um ihn einfach nicht einzusetzen ... dann strich sie sich eine Haarlocke aus dem Gesicht ...

Herr Winter sah Mercia an und riss die Augen flehend auf.

„Mach etwas!", sagte er lautlos zu der KI. „Hmm?"

„Frau Winter?", fragte Mercia vorsichtig. „Der Ploon-Kommandant wird keine großen Ansprüche an deine physische Form haben. Wahrscheinlich kann er nicht einmal deine Extremitäten auseinanderhalten."

„Ja, ist ja schon gut." Frau Winter winkte ab.

„Aktiviere!", sagte sie und richtete sich in ihrem Kommandosessel auf.

Auf dem Kommandoschirm, der gerade noch einen gewaltigen Schwarm Ploon-Schiffe gezeigt hatte, erschien ein Ploon. Auch wenn die Winters bereits Hologramme ihrer Feinde gesehen hatten und gerade Herr Winter äußerst vertraut mit ploonscher Anatomie war, war das hier anders.

Der wie ein zu großer, mit gelbem Fell bewachsener Verkehrspylon aussehende Ploon ruhte auf einer Art Sessel. Sein zentraler Augenring war starr auf Frau Winter gerichtet. Einige Leitungen steckten in dem Wesen und pulsierten. Im Hintergrund waren hunderte andere Ploon zu sehen. Die Zentrale wirkte bizarr auf das menschliche Auge.

Frau Winter musste sich daran erinnern, wie winzig dieses Wesen in Wirklichkeit war. Das Bild auf dem Monitor täuschte.

„Ähm. Hi", sagte Frau Winter und winkte grüßend mit dem rechten Arm.

Der Ploon reagierte nicht.

„Bonjour? Good day? Bom Dia? – Mercia, kann mich das Ding verstehen?", fragte Frau Winter, ohne den Blick von dem Ploon zu nehmen.

„Ja, kann es. Simultanübersetzung ist aktiv. Deine Worte werden in die Sprache und Kommunikationsfrequenz der Ploon übersetzt."

„Na dann, schieß mal los, Herr Ploon", sagte Frau Winter. „Wir haben ja nicht den ganzen Tag Zeit, was?"

Der Ploon reagierte weiter nicht.

„Mercia? Er hat doch nach Kontakt gefragt. Warum antwortet er dann nicht? Sind diese Ploon mental eingeschränkt?", fragte Frau Winter skeptisch.

„Gnarf!", sagte der Ploon. Die Stimme kam feucht und rasselnd aus dem Lautsprecher. Aus einem Organ spritzte eine undefinierbare Flüssigkeit auf das Aufnahmegerät. Dann wurde auf einmal der Bildschirm schwarz.

„Die Ploon haben die Verbindung unterbrochen", kommentierte Mercia.

Das zentrale Display zeigte wieder die Ploon-Flotte.

„Was ist das denn für eine Type?", fragte Frau Winter, die offensichtlich enttäuscht war. „So etwas Unhöfliches habe ich schon lange nicht mehr erlebt!", fügte sie hinzu und stemmte die Arme in die Hüften. „Am liebsten würde ich ihm den Singularitätsapparat gegen den Bug schießen!" Frau Winters Enttäuschung steigerte sich in einen kleinen Wutanfall. Sie konnte so ein ungehobeltes Verhalten nicht ausstehen. Ploon oder Mensch, ein Mindestmaß an Manieren setzte sie einfach voraus. Und exakt in diesem Moment brannte Frau Winters letzte Sicherung durch.

Sie krallte sich an ihrem Kommandosessel fest.

„Mercia, ballere den Ploon aus seiner Arroganz. Nimm den … ach, was auch immer besonders weh tut!", redete sie sich in Rage.

„Was eine Arschgeige!", gab Herr Winter seine eigene Analyse des gegnerischen Kommandanten bekannt.

Mercia durchsuchte einige Querverweise und Artikel im Omni-Net nach dieser Feindesklassifizierung. Allerdings ergaben weder die Bilder noch die Begriffssuche wirklich Sinn. Mercia nahm sich vor, später diese rektale Streichinstrument-Analogie weiter zu erforschen.

„Frau Winter. Auch wenn ich deine wachsende Bereitschaft zu brutaler Gewalt wirklich begrüße, müssen wir hier leider etwas anders taktieren“, sagte Mercia kleinlaut.

Auf dem Bildschirm konnte man sehen, dass die Ploon immer dichter zusammenrückten. Plötzlich schlugen gewaltige Energiemassen in die Schutzschilde der *Zaubergarten*. Die Winters wurden auf den Boden geworfen.

„AchDuScheiße!“, sagte Mercia plötzlich. „Wir haben sie wohl wirklich wütend gemacht. Die Ploon setzen einen Gravitron ein, und das innerhalb eines Sonnensystems!“

„Einen was?“, fragte Frau Winter, die eigentlich gar nicht wissen wollte, mit welcher Teufelei ihre Angreifer schon wieder um die Ecke kamen. Diesmal entschied sie sich für den Frontalangriff. Was konnte schon schief gehen?

„Mercia?“, sagte sie in einem autoritären Tonfall.

„Frau Winter?“, antwortete Mercia knapp.

„Feuer mal endlich aus allen Rohren, was wir so im Arsenal haben!. Den Schwarzlochdinges, dieses Auflöse-Teil und ... Wie hieß das andere noch, Bruno?“

„Den Turbolaser, die Transformkanonen, Miniaturatombomben, Tachyonenstrahler, Partikelprojektorkanonen, Bolter und den Todesstern!“, sagte Herr Winter mit Bestimmung. Er hatte keine Ahnung, ob die *Zaubergarten* über diesen Waffen verfügte und zählte einfach wahllos Dinge auf, von denen er hoffte, sie würden genug Schaden machen.

„Genau das!“ Frau Winter hatte nicht die geringste Ahnung, wovon ihr Mann da sprach. „Und wenn du dabei bist, sag gleich diesen lustlosen Drohnen, dass sie den Ober-Ploon und seine Sippe lynchen sollen, sonst ist’s hier bald zappenduster!“

„Ähm, Frau Winter, ich will euren Enthusiasmus, den ich im Übrigen weiterhin sehr begrüße, nicht mindern, aaaaber ...“ Das „aber“ zog die KI extra lang.

„Aber?“, fragten die Winters synchron.
„Na ja, die Energiespeicher der *Zaubergarten* sind leer. Mehr als einmal von hier weg ist nicht mehr drin“, konstatierte Mercia.

Die KI wollte an dieser Stelle nicht erwähnen, dass die Synthetisierung der Toilette für den Primaten so viel Energie gekostet hatte, wie eine volle Breitseite aus den Töt-O-Matic-Strahlern, die sicherlich die Hälfte der Ploon in Protoplasma verwandelt hätte.
„Und was ist dann die Alternative? Der Ober-Ploon hat mich ungekämmt und ungeschminkt gesehen und ist ausgesprochen unhöflich. Wenn wir jetzt den Rückzug antreten, wirkt das doch irgendwie feige“, analysierte Frau Winter die Situation. Sie versuchte, eine Analogie zu Schulhof Rowdies herzustellen.
„Ich könnte Bruno nochmal in das Notfallprotokoll stecken und ihn in das Kommandoschiff der Ploon-Flotte teleportieren“, schlug Mercia vor. „Dafür reicht die Energie dicke!“
Herr Winter sprang aus seinem Sessel. „Einen Teufel wirst du!“
„Bring uns hier weg. Energie!“, entschied Frau Winter und zeigte mit ausgestrecktem Arm und zwei Fingern auf das zentrale Hologramm der Zentrale.
Herr Winter empfand in diesem Moment eine Erleichterung, die er nicht in Gedanken fassen konnte.
„Das mache ich ausgesprochen gerne“, antwortete Mercia. „Kurze Frage, wenn ich schon dabei bin: Wohin? – Kleiner Witz“, fuhr Mercia fort. „Ich aktiviere den Dunkelschildreaktor und bringe uns zu Basis Fluxementan.“
Der Angriff der Ploon hatte seinen Höhepunkt erreicht. Die Winters konnten sehen, wie sich der Planet Arkturus 3 in Millionen Gesteinsbrocken auflöste. Dieselben Schwingungen, die den Planeten zerstört hatten, erfassten auch die *Zaubergarten*.

Zuerst begann Frau Winters Kopf zu schmerzen, dann lockerten sich einige ihrer Zähne. Herr Winter hielt sich den Bauch und stöhnte vor Schmerz. Und sie herum explodierten Dinge und kleine Feuer brachen aus.

„Mercia!", schrie Frau Winter in Panik.

Dann schlugen Fragmente des Planeten in die Schutzschirme der *Zaubergarten* ein. Das Schiff vibrierte unruhig.

Keine Sekunde zu früh entluden sich Energien aus der Tiefe des Maschinenraums der *Zaubergarten*. Die Grenzen zwischen den Dimensionen verschwand und mit einem lauten „Plopp", das man noch in 2.4 Parsec Entfernung messen konnte, entkamen die Winters dem sicheren Tod.

11

Erkwundinger war nicht wirklich zufrieden. Aber ein Verlust von 79 % der Armada bei einem Angriff auf ein Schiff der Würger-Klasse war immerhin akzeptabel. Außerdem hatte es ein weiteres Kommandoschiff und 433 Standardeinheiten überlebt. Ein Großteil einer ploonschen Angriffsflotte galt ohnehin als Kanonenfutter. Die Ploon verfügten über immensen Nachschub und ein Teil ihrer Kriegstaktiken war genau darauf ausgelegt.

Aber der wirkliche Gewinn für Erkwundinger bestand in der Tatsache, dass es an Bord des Feindschiffes einen neuen Kovaluktor gab!

Das gegnerische Schiff hatte am Ende des Kampfes wohl einen Dunkelfeldreaktor aktiviert und war damit in die Unendlichkeit geflüchtet. So sehr sich Erkwundinger auch gewünscht hatte, das Schiff in seine Bestandteile zu zerlegen, so froh war er auch, dass er selbst den Kampf überlebt hatte. Mit dieser Erfahrung würde man ihn sicher expressglommern.

Die Glasur des Planeten hätten sie sich sparen können. Es war das Standardprotokoll der Ploon: Die größeren Einheiten schlossen sich zusammen und wandelten die erste Schicht der Planetenoberfläche mit höchster Hitze und Materiestrahlen in eine Art Glas um. Nichts konnte diesen Prozess überstehen, und die wenigen sehr primitiven Einheiten einer unbekannten Lebensform war nahezu mit Volldampf in die Neutrino-Netze der beiden letzten Abfangkreuzer geflohen.

Doch durch den Einsatz des Gravitrons waren der Planet und zwei seiner Monde ohnehin zerstört. Erkwundinger war kein Freund von Ressourcenverschwendung, musste sich aber eingestehen, dass die viertmächtigste Waffe im Ploon-Arsenal durchaus beeindruckend war. Er nahm sich dennoch vor, bei der nächsten Begegnung gleich auf die Entropie-Bomben zu setzen.

Nun freute er sich darauf, nach erfolgreicher Rückkehr in die Suppe eintreten zu können. Es war das Privileg eines Kommando-Ploon und der einzige Weg, um geglommert zu werden. Jede Zelle seines Körpers gierte danach. Er musste sich stark konzentrieren, dass die anderen Ploon auf der Brücke seine Erregung nicht hören und riechen konnten.

Seine Gedanken wurden von einer Meldung der Kommunikatoren unterbrochen.

„Oberster Herr und siegreicher Erkwundinger?“, sprach ihn einer der Psychoten an. Eigentlich ein Unding während der Zeit eines Triumphs, aber Erkwundinger wollte heute mal nicht so sein. Er hatte ohnehin die Vorahnung, dass ein Großteil seiner Mannschaft nicht das Recht des Glommerns erworben hatte und auf dem Rückkanal als Nährlösung zurück in die Suppe püriert wurde. Was sollte schon ein wenig Ungehorsam auf der Brücke anrichten?

„Ja?“ Erkwundinger richtete sich zu voller Größe auf. Er hatte auf diese Meldung gewartet. Als Kommando-Ploon war er nahezu zweimal so groß wie seine Untergebenen.
„Sopa Sekundus sendet eine Nachricht. Man wünscht, mit dir zu reden“, fuhr der Psychot fort.
„Oha!“, antwortete Erkwundinger. Wahrscheinlich wollte man ihm zu seinem weniger glorreichen Sieg gratulieren. Wäre seine Effizienz 1 % niedriger, würde man ihn bei seiner Rückkehr weder salben noch glommern. Glücklicherweise hielt eines der Begleittankschiffe gerade so noch zusammen, um als gefechtsfähig zu gelten. Es konnte sich nur um den Rückruf nach Hause handeln. Er konnte fühlen, wie sich auch beim Rest der Brückencrew Erregung ausbreitete. Die mobilen Gefechtslatrinen liefen zu Hochtouren auf.
„Auf den zentralen Beschauer und für alle sichtbar“, ließ Erkwundinger den Gönnerhaften raushängen. Der zentrale Beschauer war ein Ploon, den man mit aufwändigen Seilkonstruktionen und jede Menge Öl auf einem der Konstruktionsasteroiden soweit gestreckt hatte, dass er fast durchsichtig wurde. Danach war er aufwendig verdrahtet worden und stellte so das größte Display des Schiffes dar.
Zu Erkwundingers Erstaunen war keine Gruppe grazil tanzender Humpaninen zu sehen, sondern das missgestaltete Antlitz eines Rubanbators. Es war ein Planer-Ploon. Ihre Gehirne waren untereinander vernetzt, und sie stellten die Strategien und Gefechtstaktiken der Ploon auf. Niemand außer einem anderen Rubanbator konnte verstehen, worauf sie hinauswollten, wenn sie Kommandos gaben.
Für Erkwundinger war es ein Schock. Rubanbatoren kamen immer vor einer Schlacht und niemals danach. Das verhieß nichts Gutes.
Er hörte vereinzeltes Würgen auf der Brücke, und ein starker Geruch nach verbrannten Haaren breitete sich aus.

Der Rubanbator hatte sich so vor dem Aufzeichnungsgerät auf dem Heimatplaneten postiert, dass die komplette Besatzung seine abstoßend symmetrische Gestalt in voller Größe ansehen musste. Der Rubanbator leckte sich mit einigen feuchten Pseudogliedmaßen über die hässlichen Augen. Eindeutig eine Provokation, auf die Erkwundinger aber aufgrund seines niedrigeren Ranges nichts erwidern konnte.

„Erkwundinger, dreifach Geglommerter. Erster Kommandant der Flotte Gwerendonk. Ich muss dich grüßen!", begann der Rubanbator mit süßlicher Stimme.

„Stimme der Suppe, ich verabscheue und grüße dich." Erkwundinger war kein Freund des ganzen zeremoniellen Brimboriums, aber bei einem Rubanbator hatte er keine Wahl. Es widerte Erkwundinger an, den Gesandten der Suppe grüßen zu müssen.

„Wie geht es dir?", fragte der Planer-Ploon. Die Frage war pure Provokation und erschütterte den Kommandanten.

„Den Umständen entsprechend", antwortete Erkwundinger, der dem Rubanbator keine Angriffsfläche bieten wollte.

„Und wie geht es der Besatzung? Die Überlebenden alle wohlauf?", fuhr der Bote der Suppe mit seinen Sticheleien fort.

„Können nicht klagen." Erkwundingers Antwort war knapp und kalkuliert.

„Du bist siegreich und hast den Zielplaneten glasiert", stellte der Rubanbator fest.

„Ja, das habe ich." Die Antwort des Kommandanten war knapp und berechnet. „Allerdings hat der Gravitron den Planeten zerlegt. Wir sind auf einen Kovaluktor gestoßen!" In Erkwundingers Stimme schwang Stolz. Nur wenige Ploon hatten die Begegnung mit den Alten überlebt.

„Na, das ist doch prima!", antwortete der Rubanbator.

Erkwundinger roch die Falle und ging nicht darauf ein. Das Wort „prima“ konnte doch der Rubanbator nicht ernst meinen!

„Deine Kalkulatoren übermitteln mir, dass du noch zu 21 % gefechtsfähig bist“, fuhr der Rubanbator fort.

„Korrekt.“ Noch knapper konnte Erkwundinger sich nicht ausdrücken. Er musste sprechen, wenn der Rubanbator ihn dazu aufforderte. Die pure Präsenz des Planers bereitete ihm körperliches Unwohlsein.

„Ich übermittele dir nun Daten eines Zielsystems“, sagte die Gestalt auf dem Bildschirm.

Einige Teile der Kommandobrücke konnten ein Raunen nicht unterdrücken. Anstatt wie verdient in die Suppe zurückzukehren, erwartete sie ein neuer Einsatz. Daten und Informationen überfluteten das zentrale Display. Erkwundinger wusste, dass er keine andere Wahl hatte.

„Und was ist unser Auftrag? Unser Vorrat an Kobel 44 reicht nicht für eine vollständige Glasur eines Planeten!“ Er rief so laut in das Übertragungsgerät, dass einigen niederen Wartungsploons Teile des Nervensystems implodierten.

„Glasierung ist auch nicht dein Auftrag, verehrter Herr Erkwundinger.“ Der Rubanbator kam so nah an das Aufzeichnungsgerät heran, dass Erkwundinger jeden einzelnen Parasiten in seinen Augen zählen konnte.

Es waren 3.123, stellte Erkwundinger fest, was sehr ungewöhnlich war. Seine Neugier war auf einmal geweckt.

„Und der ist?“, fragte er den Rubanbator und vermied das Wort „Auftrag“ auszusprechen.

Obwohl es unmöglich erschien, kam der Rubanbator noch näher und drückte sein mit Parasiten befallenes Primärauge so dicht an das Aufzeichnungsgerät, dass es anfing, an einem Ende mit einem sehr saftigen Geräusch auszulaufen.

„Infiltration!“, schrie der Planer mit sich überschlagender Stimme und beendete die Verbindung.

Das zentrale Display übergab sich und hatte gleichzeitig explosiven Durchfall.

Erkwundinger brauchte einen Moment, um sich zu sammeln. Infiltration war den Ploon zwar nicht unbekannt, aber zumindest hochgradig ungewöhnlich. Er erinnerte sich daran, dass von den 347 Lebensformen, die die Ploon bis heute entdeckt hatten, nur rund 32 überhaupt infiltrierbar gewesen waren. Die Bewohner des Zielsystems mussten außergewöhnlich sein, wenn die Rubanbatoren ihre Infiltration wollten.

Dann riss er sich aus seinen Gedanken und schaute sich in der Zentrale um. Nur die Hälfte seiner Brückenbesatzung hatte den Anruf des Rubanbators überlebt. Er nahm sich vor, für diese Hälfte eine besondere Belohnung vorzubereiten und sie mit in die erste Welle der Infiltration zu nehmen. Er nickte den verbliebenden Navigatoren zu, die seinen Befehl direkt ausführten.

Die Flotte aktivierte ihre Nurbelfeldspulen und transitierte in den Hyperraum.

Epilog

Herr Winter saß auf einer Felsbank und hatte es sich mit ein paar Decken bequem gemacht. Mittlerweile hatte er den Kniff raus, dem Schiffssystem klarzumachen, welche Dinge er benötigte. Bei den Decken war er erfolgreicher gewesen als bei Mützen. Es war empfindlich kalt auf dem Planeten. Er hatte mittlerweile wieder den pinken Schutzanzug an, den Mercia für ihn angefertigt hatte. Die Schäden nach dem Kampf auf Arkturus 3 hatte das Schiff wieder geflickt. Auch wenn es ihn weiterhin an allen Ecken zwickte, war er froh um das Kleidungsstück.

Er schaute hinaus in den überaus klaren Nachthimmel und versuchteirgendeine Konstellation zu erkennen. Aber wohin auch immer sie die *Zaubergarten* gebracht hatte, er hatte nicht die geringste Ahnung, wo er war.

Der Himmel schimmerte in einem unnatürlichen Grün. Und er konnte mindestens 7 Monde erkennen. Auch die Luft schmeckte seltsam nach Lavendel, obwohl er sicher war, dass in einigen Parsec um ihn herum kein Lavendel wuchs. Er fragte sich, ob die kleinen Fluginsekten um ihn herum diesen Duft verbreiteten.

Das Schiff war inmitten einer scheinbaren Wüste gelandet, die sich schnell als verborgene militärische Anlage entpuppt hatte. Unzählige Drohnen waren hereingeeilt und hatten angefangen, das Flaggschiff nach der Raumschlacht zu warten. Herr Winter bezeichnete mittlerweile alle elektronischen Helfer der *Zaubergarten* als Drohne, auch wenn Mercia vehement diese Bezeichnung ablehnte.

Herrn Winter war aufgefallen, dass die KI mittlerweile fast schon einen eigenen Charakter entwickelt hatte. Ihm gegenüber war sie schon immer etwas schnippisch gewesen, doch er hatte das Gefühl, dass es immer schlimmer wurde.

Von außen sah die *Zaubergarten* überaus ramponiert aus. Es gab buchstäbliche Krater auf der Oberfläche und einige Teile fehlten. Herr Winter hatte sich vorgenommen, die Ploon nicht weiter zu unterschätzen. Ihm lag ohnehin noch der Kampf gegen den Ploon-Exekutor im Magen, und er versuchte, dieses Erlebnis so weit wie möglich zu verdrängen.

Glücklicherweise hatte sich seine Frau gegen den Willen von Mercia durchsetzen können und ihm ein Passierband besorgt. Es war ein grünlich schimmerndes Stück Metall an seinem linken Handgelenk, das ihm freie Passage durch die Anlage und das Raumschiff bot. Eigentlich hatte ihm das die KI implantieren wollen, doch Herr Winter war sich ziemlich sicher, dass das keine gute Idee gewesen wäre.

Grade genoss er einfach die Ruhe, auch wenn er sie als trügerisch empfand. Noch verstand er nicht alles um diesen kosmischen Krieg und die immer noch rätselhaften Ploon. Noch viel weniger verstand er, wie sich seine Frau, mit der er – er blickte auf den Ehering aus Havalgam – seit 27 Jahren, 35 Tagen und 34 Minuten verheiratet war, von der konservativen Lehrerin zur Anführerin einer ganzen längst vergessenen Armee mauserte.

Hinter ihm räusperte sich seine Frau. Herr Winter drehte den Kopf und sah sie mit zwei Gläsern vor ihm stehen. Sie trug mittlerweile den silbernen Anzug, den Mercia für sie angefertigt hatte, mit einer sehr stolzen Haltung. Er musste zugeben, dass das Kleidungsstück an den richtigen Stellen sehr dekorativ geschnitten war.

Er räusperte sich und grinste sie breit an.

„Ach, du!“, sagte sie und grinste ebenfalls. Sie hatte wohl seine Gedanken erraten.

Er machte etwas Platz, und sie kuschelte sich an ihn. Er legte die Decke über sie beide. Dann nahm er das Glas dankbar entgegen.

„Frag mich nicht, was das ist, Bruno“, begann sie mit einem verschmitzten Lächeln. Sie prostete ihm zu. „Ich habe Mercia exakte Anweisungen und eine genaue Beschreibung eines Gin Tonics gegeben, und das war das Beste, was die Automatik produzieren konnte.“
Herr Winter roch vorsichtig an dem Glas und hustete. „Na, besser als nix. Ich bezweifle, dass wir innerhalb der nächsten 10 Lichtjahre einen besseren Drink bekommen.“ Er zuckte mit den Schultern und hob das Glas.
Er trank einen tiefen Schluck und überwand einen direkten Ohnmachtsanfall. Was auch immer die Maschinen als Alkohol interpretiert hatten: Das Zeug hatte es in sich.
„Einemillioneher“, nuschelte Frau Winter vor sich hin.
„Wie bitte?“, fragte ihr Mann, dem gerade Übles schwante.
„Eher so eine Million“, sagte Frau Winter weiterhin mehr zu sich als zu ihm.
„Eine Million was?“ Herr Winter war etwas verdutzt. Er hatte sich schon auf einen Cheeseburger und ein paar Fritten gefreut.
„Lichtjahre.“ Seine Frau versuchte, die Neuigkeiten mit Kulleraugen zu verpacken, was aber nur sehr eingeschränkt gelang.
Herr Winter prustete und spuckte den Rest des Getränks wieder aus. Er glotzte seine Frau fassungslos an. „Wiederhol das bitte.“ Seine Stimme zitterte leicht.
Sie wandte sich zu ihm und setzte den Extra-Rehaugenblick auf, dem er nur schwer widerstehen konnte. „Mercia hat das Raumschiff in einen Sektor gebracht, auf den die Ploon keinen Zugriff haben, um von hier die nächsten Schritte zu planen. Hier soll irgendwo auch eine zweite Basis sein, wie auf Arkturus 3.“
Irgendwie war Herr Winter von der neuen Seite seiner Frau überrascht. Und das war ihr in den letzten 27 Jahren, 35 Tagen und 36 Minuten äußerst selten gelungen. Er fand, ihre Stimme klang schon fast wie die einer Kommandantin.

„Und auch um sie von der Erde abzulenken“, fuhr sie fort. „Und dieses System ist etwas über eine Million Lichtjahre von zuhause entfernt.“

„Katzensprung!“ Herr Winter nickte, während sich in ihm alle Gedärme einzeln zusammenzogen.

„Ja, um die Ecke“, pflichtete ihm seine Frau bei.

Er wandte sich wieder dem Sternenhimmel zu. Kein Wunder, dass ihm alles so fremdartig vorkam. Sie waren dort, wo nie ein Mensch zuvor gewesen war.

„Unddertreibstoffistauchalle“, nuschelte seine Frau erneut.

„Wie bitte?“ Herr Winter war sich nicht sicher, ob er noch mehr solcher Nachrichten vertragen würde.

„Mercia hat irgendeinen komischen Apparat benutzt für die Flucht. Und da sind irgendwelche Dinge, die nun zu anderen Dingen geworden sich und ...“

„Wir sitzen hier fest?“

„Wir sitzen hier fest!“ Frau Winter trank ebenfalls einen tiefen Schluck und zur Überraschung ihres Mannes leerte sie den Rest des Glases in einem Zug.

„Hat florale Noten, findest du nicht?“ Sie ließ die Zunge im Mund kreisen.

Herr Winter konnte nur noch nicken. „Jen, was machen wir denn jetzt?“

Frau Winter strich ihm liebevoll mit der Hand eine Haarsträhne aus dem Gesicht. Sie beugte sich zu ihm und küsste ihn innig. Nur langsam löste sie den Kuss und setzte ein breites Lächeln auf, das Herrn Winters Herz erwärmte.

„Och, Schmusehase, ich glaube, wir retten die Galaxis“, sagte sie und blickte in den Sternenhimmel.

Ende Teil 1

Printed in France by Amazon
Brétigny-sur-Orge, FR

24284896R00092